Für Onkel Dirk

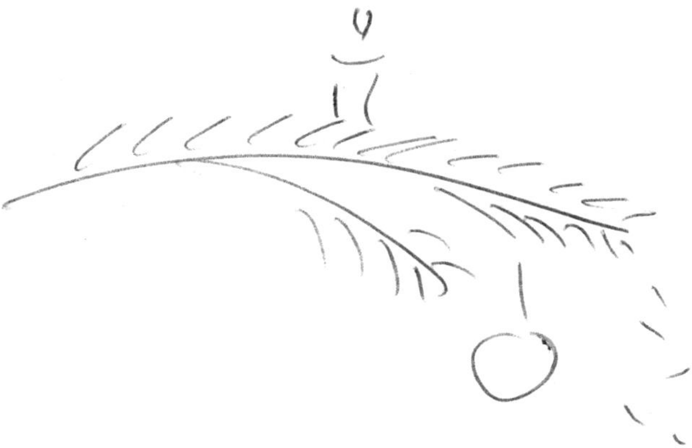

Richard Wiemers

periplaneta

RICHARD WIEMERS: „BROSS. Showdown im Schlippers“
2. Auflage, Juli 2017, Periplaneta Berlin, Edition Totengräber

Inh. Marion Alexa Müller, Bornholmer Str. 81a, 10439 Berlin
www.periplaneta.com

Lektorat: Franziska Dreke
Cover: Holger Much (www.holgermuch.de)
Satz & Layout: Thomas Manegold (www.manegold.de)

Gedruckt und gebunden in Deutschland
Gedruckt auf FSC- und PEFC-zertifiziertem Werkdruckpapier

print ISBN: 978-3-943876-74-1
epub ISBN: 978-3-943876-12-3

Richard Wiemers

Bross

Showdown im Schlippers

periplaneta

„Noch nie war ein nasser Mann so charismatisch!"

Börsenblatt des deutschen Masseurinnenverbandes

1

„Du weißt, warum du hier bist?"

Bross schwieg.

„Wohl nicht sehr gesprächig, was?"

Bross versuchte, den Knebel mit der Zunge aus seinem Mund zu drücken, um zu antworten, doch der saß fest. Er würgte.

Der Mann vor ihm machte eine erregte, konvulsivische Bewegung auf ihn zu. Von den Ohren her zog eine gefährlich grüne Farbe in seinem totenbleichen Gesicht auf und ließ es anschwellen wie einen Luftballon, der aufgeblasen wird. Er schwitzte.

„Du meinst wohl, du bist ein ganz Schlauer, was?" Sein Gesicht hatte eine unheilvolle Nähe zu dem des Gefangenen erreicht. „Rede!", stieß er hervor. „Oder …"

Bross schloss die Augen und spürte das Gesicht des Mannes über sich, das da aus einer schwarzen Kapuze hervorquoll. Er fühlte Schweiß in sein Gesicht tropfen. Oder war es Speichel?Als er die Augen wieder öffnete, blickte er in die grauenerregende Fratze seines Peinigers. Sie war zerfressen und wirkte, als hätten Stromschläge sie schon vor langer Zeit zerstört.

Die kalten Augen des Kapuzenmannes drohten, aus ihren Höhlen zu treten, als er plötzlich zugriff. Mit der rechten Faust holte er zum Schlag in Bross' Gesicht aus, seine Linke krallte ihre schwarzen Klauen in den Hemdkragen des Gefangenen und wollte ihn heranziehen, doch die Fesseln hielten Bross zurück und schnitten in sein Fleisch. Er bewegte sich nicht einen Zentimeter.

„Du willst nicht? Dann – – –."

„Lass ihn, Kapuze", sagte eine ruhige Stimme hinter ihm. „Er kann nicht."

Eine Hand schob ihn beiseite. Dann ergriff sie den Knebel und zog ihn heraus. Bross schluckte, schnappte, keuchte.

„Weißt du, warum du hier bist?", fragte die ruhige Stimme hinter der Hand.

Der Knebel hatte seinen Kehlkopf im Hals versenkt. Bross versuchte, einen Laut herauszupressen.

„Weißt du es?", echote der Kapuzenmann.

Nur mit Mühe war Bross' Röcheln zu verstehen.

„... Was ..."

Plötzlich löste sich ein Schuss.

Bross erwachte.

Kühl dachte er an die Situationen dieses Traumes, er kannte sie alle, hatte sie hundertfach durchlebt und war ihnen tausendfach entkommen, stets wissend, dass er sich auf die ganze Souveränität seiner Erfahrung und seiner Klasse als Ermittler stützen konnte. Ein Schuss, aus nächster Nähe auf ihn abgegeben, bedeutete noch gar nichts, so leicht konnte man ihn nicht aus dem Weg räumen.

Immer im Dienst, immer im Auftrag. Immer da, wo es brennt. Immer am Puls des Geschehens. Sagte das Türschild seines Büros. Man durfte die Menschen, die das Büro betraten, nicht einen Moment im Unklaren darüber lassen, mit wem sie es zu tun hatten.

Der Mann für die skrupellosen Fälle. Die gnadenlosen. Die aussichtslosen. Klärt jeden Mord an jedem Ort. Stand so im Adressverzeichnis der Kripo, Rubrik Detektive, Unterrubrik Erfolgstypen, Kapitel Spitzenkräfte, Unterkapitel Genies, Absatz Nicht überschätzbar. Und sein Eintrag war der einzige in dieser Kategorie. Den hatte er seinerzeit selbst vorgenommen, als er sich im Büro des Dezernats 12 unbemerkt in das Verwaltungsprogramm eingehackt hatte und es ihm nach acht Sekunden gelang, die Adressenliste aufzuspüren. Die Unterrubriken hatte er auch selbst angelegt. Weil es sonst keiner machte, musste er sich halt darum kümmern. Er ermittelte selbst dort weiter, wo Bundeskriminalamt, Scotland Yard und der CIA längst kapituliert hatten. Gerade dort. Bis ans bittere Ende. Bitter für die Täter.

Die kleinen Fische, die waren nichts für ihn; man hatte vor Jahren versucht, ihn für Routinearbeiten zu gewinnen, als eine Zeitlang die ganz großen Sachen ausblieben. Doch er lehnte ab, wenn das Dezernat anrief, um ihn mit Kinderkram zu beauftragen. Bombenanschlag von Rechtsradikalen am Anhalter Bahnhof in Berlin? Pillepalle. Krieg der Könige im Hamburger Kiez-Milieu? Etwas für Anfänger. Todesfälle beim Spiel Rostock gegen St. Pauli? Eine Beleidigung. Sollte sich doch Moped-Krause, der Hilfssheriff des Kaffs, darum kümmern. Der war ja eh überall.

Was ihn interessierte und herausforderte, waren die wirklich dicken Dinger, *the big challenges*, die ganz Großen des Geschäfts. Und er war es, der sie alle zur Strecke gebracht hatte, die seinen Weg gekreuzt und geglaubt hatten, sie könnten ihn an der Nase herumführen. Alle: Dreifinger-Joe, Curry-Dieter, Rio-Sally-Willy. Er kannte ihre Tricks, ihre Gewohnheiten und vor allem ihre Schwachpunkte. Manchmal waren es Frauen, manchmal auch Hunde, und manchmal nur ein einfacher Peter-Hille-Vierzeiler:

Wie deine grüngoldenen Augen funkeln,
Wald, du mosiger Träumer!
Wie deine Gedanken dunkeln,
Einsiedel, schwer von Leben,
Saftseufzender Tagesversäumer!

Okay, das war jetzt ein Fünfzeiler. Aber egal: Der, strategisch günstig platziert, genügte, um sie so emotional zu machen, dass sie ihn darum anflehten, ihnen die Handschellen anzulegen. Porno-Manfred, Klobürsten-Konrad, Krätzen-Luigi. Serienkiller, Psychopathen, schwere Zechpreller. Die verschworene Dorfgemeinschaft, die den alten Bauern Hindahl schützte, nachdem der seine Söhne mit der Mistgabel aufgespießt hatte.

Die Krankenhausmafia, die Patienten für illegale Organtransplantationen hatte verschwinden und im nahen Fluss wieder auftauchen lassen, mit drei Kugeln im Kopf und einem Loch im

Bauch, wo vorher die Leber gesessen hatte. Sie alle dachten, sie wären ihm gewachsen.

Dachten sie.

Das war ihr Fehler.

Das Telefon klingelte. Bross hatte sich noch mal hingelegt und keine Lust aufzustehen. Außerdem musste er seinen Nacken entspannen. Fünfmal klingelte es, dann sprang der AB an.

„Hier spricht der automatische Anrufbeantworter von Kommissar Bross. Immer im Dienst, immer im Auftrag. Sie haben diesen verdammten Anschluss gewählt, weil Sie ein verdammt schwieriges Anliegen haben, welches Sie verdammt noch mal nicht ohne mich lösen können. Damit eins von vornherein klar ist: Hier stelle ich die Fragen. Und ich habe genau zwei: Wer sind Sie, und was wollen Sie?"

Piepton, ein Moment Stille, dann ein Knacken. Aufgelegt. Aus Respekt. Warum sonst. Es sollte ja auch nicht jeder bei ihm durchkommen. Der durchdringenden Kälte des AB-Textes standhalten und ihr Anliegen auf Band sprechen, das konnten nur die Ernsthaftesten, und das auch nur mit zitternder Stimme. Dieser Anrufer war ganz sicher keiner von ihnen gewesen, und er würde alles Mögliche tun, nur eines ganz sicher nicht: sich noch einmal melden.

2

„Verdammt", raunzte Bross, als er am Vormittag seines freien Freitags das Mietshaus erreichte, in dem er wohnte. Er war unterwegs gewesen, in Angelegenheiten. Sein wasserabweisender, beige-grauer Trenchcoat war völlig vom Regen durchweicht und tropfte. Wasser rann aus der Krempe seines Hutes und lief vor ihm auf den Boden. Den Hausschlüssel aus dem nassen Mantel zu kramen, war eine Zumutung. Bross fror.

Als er den alten, weiß lackierten Türflügel hinter sich ins Schloss zog, roch es vertraut nach Kohl, wie immer, wenn er den Hausflur betrat. In den wohl hundert Jahren, in denen dieses Gebäude existierte, hatten sich die Gerüche der unzähligen Menschen und Ereignisse zu einer Melange zusammengefügt, deren Schnittmenge abgestandener, kalter Kohl war. Ein Blick in den Briefkasten. Nichts. Doch das war kein Grund zur Beunruhigung. Wer etwas von ihm wollte, rief ihn an. Er schob den klatschnassen Rand seines Mantelärmels ein kurzes Stück nach oben und schaute auf die Uhr: Er war spät dran, weil er den Bus verpasst hatte. Seitdem hatte es geregnet. Seine Leinenhose war völlig durchnässt und klebte unangenehm an den Beinen, als er die alte, dunkle Holztreppe zu seiner Wohnung in den ersten Stock hinaufstieg. Die Stufen knarzten und knackten bei jedem Schritt. Hier wusste jeder, wer wann kam und ging, und nicht selten öffnete sich verstohlen eine Tür, wenn jemand die Treppe benutzte. Es konnte ja ein Unbefugter sein, oder eine Mieterin brachte ihren Liebhaber mit. Darüber musste man Bescheid wissen. Wer weiß, wozu das gut sein konnte.

Vor seiner Wohnungstür angekommen, ergriff Bross die durchnässte Zigarette, die noch in seinem Mundwinkel hing, schnipste sie hinter sich ins Treppenhaus und trat ein.

Wie immer, wenn er aus dem Regen nach Hause kam, führte ihn sein erster Gang ins Bad. Er musste behutsam gehen, um das Wasser, das in seiner Hutkrempe verblieben war, nicht noch in seiner Wohnung zu verschütten. Mittlerweile hatte er schon Übung darin, den Hut vorsichtig mit beiden Händen vom Kopf zu nehmen. Sicherheitshalber tat er das vor dem Spiegel, damit er seine Bewegungen kontrollieren und die Wassermenge langsam in das Waschbecken abkippen konnte. Der Rest war, wie auch schon das Abnehmen des Hutes, Routine: das Herausschälen aus dem tropfnassen Mantel, den er dann über der Badewanne aufhängte, dann die Schuhe aus, in denen Pfützen standen, die bei jedem Schritt ein saugend-matschendes Geräusch produzierten, die Socken, deren – – –.

Es klopfte. „Herr Bross?"

Eine Frauenstimme von nebelkrähenhaftem Timbre durchdrang die schwere Wohnungstür.

„Herr Bross?"

Bross hüpfte auf einem noch bestrumpften Bein zurück in den Flur. Draußen stand die Concierge. Er hatte es befürchtet.

„Hören Sie, Herr Bross?", keifte sie.

„Ja, Frau Schlichting. Ich wische die Treppe gleich auf. Fünf Minuten."

„Aber den Flur auch, hören Sie? Wäre ja nicht das erste Mal." Das hohe steinerne Treppenhaus mit den Nachhallwerten einer Kirche schien das Krähengeräusch zu potenzieren. Worte waren kaum noch zu verstehen; sie wurden vom Echo und dessen Echo schichtweise überlagert. Aber Bross wusste auch so, was die Concierge sagen würde. „Ich komme in einer halben Stunde zurück. Dann ist das alles trocken, haben Sie verstanden? Und die Kippe, die ist dann auch weg."

„Ja, Frau Schlichting. Ich weiß."

„Eine halbe Stunde, hören Sie? Und ich habe meine Wohnungstür auf, damit ich auch sehe, was Sie tun und ob Sie das gescheit machen."

„Ja. Wie immer. Vielen Dank. Ich bin gleich da. Auf Wiedersehen."
Die Schritte der Concierge knarrten und polterten die Treppe hinab, begleitet von weiteren Krächzlauten, die sich allmählich entfernten wie ein abziehender Krähenschwarm über einem herbstlichen Kartoffelfeld, über das sich der Nebel der frühen Dämmerung senkt. Ihm war immer noch kalt.

Da klingelte das Telefon. Einem plötzlichen Impuls folgend hob er ab. „Hier spricht der automatische Anrufbeantworter von Kommissar Bross. Immer im Dienst, immer im Auftrag. Sie haben diesen verdammten – – –"
„Lass den Quatsch", unterbrach ihn die Stimme des Anrufers. „Ich weiß, dass du dran bist. Dezernat 12. Wir brauchen dich."
„Was ist passiert?", fragte Bross.
„Hast du Zeit?"
„Immer im Dienst, immer im Auftrag."
„Was heißt das?"
„Ich komme."

Eine halbe Stunde später stand er, nun trocken und umgekleidet, noch immer im Bad. Durch das halb geöffnete Fenster schien die Sonne herein. Er drückte auf den Play-Knopf seines CD-Spielers. Cindy & Bert. *Immer wieder sonntags.* Dann schaute er in den Spiegel.
„Hm."
Langsam näherte er sich seinem Ebenbild. Ein griechisch-römisches Profil, strahlende Augen, sonnengebräunter Teint – dies waren Eigenschaften, die man an ihm vergeblich suchte. Er war kein Mann, der aus der Nähe sehr gewann. Die Gesichtshaut war übersät mit kleinen Blatternnarben. Seine Stirn erschien etwas zu hoch, die Brauen zu weit vorragend, die Augen zu tief in den Höhlen und etwas zu eng zusammenstehend. Unter seinen hohen, an Basil Rathbone erinnernden Wangenknochen fielen seine Wangen stark ein, vor allem, wenn er beim Denken sein Wangenfleisch

einsaugte. Die Nase in der Mitte seines kantigen, glatten Gesichts war lang, spitz und dreieckig und irgendwie falsch proportioniert. Sein kurzgeschnittenes, eigentlich braunes Haar war grau meliert – vielleicht das einzige Attribut von Attraktivität, das man seinem Äußeren zusprechen mochte. Doch sein ledernes Charisma, anziehend und abstoßend zugleich, seine suggestive Aura, seine mystische Faszination, deren alles verschlingender Sogwirkung sich kein Verbrecher entziehen konnte – sie waren die Faktoren, die ihm seine unvergleichliche und gefürchtete astralische Unerbittlichkeit verliehen.

Und er wusste es.

Rrrrrinngg. Der Klingelton war natürlich der eines Telefons aus Hollywoodfilmen der 50er Jahre. Philipp Marlowe. *Bei Anruf Mord.* Bross hob ab.

„*Hier spricht der automatische – – –*"

„Bross! Bitte!"

„Wer spricht?"

„Dezernat 12. Das weißt du doch. Wir –"

„Das kann jeder behaupten. Weisen Sie sich aus."

„Bross, jetzt lass doch – – – sag mal, wo bleibst du denn?"

„Hier stelle ich die Fragen. Was ist eigentlich los?"

„Hakennase."

Drückende Stille.

„Hakennase?"

Noch drückendere Stille.

„Hakennase."

Unerträglicher Druck der Stille, in der das Fallen einer Nadel einem Peitschenknall gleichgekommen wäre.

„Er ist weit weg", sagte Bross, das Tempo des Gesprächs wieder aufnehmend.

„Von wegen. Er ist wieder da."

„Wo?"

„Hier. In Deutschland."

Bross zog den Kragen seines Mantels hoch. *Immer wieder sonntags kommt die Erinnerung, dibidibi dib dib – dib*, hörte er aus dem Bad, in Küchenmädchenterzen.

„Das ist unmöglich. Ich hatte ihn gestellt. Und eingebuchtet."

„Doch, das ist möglich. Nachdem er hier aus dem Knast ausgebrochen war, hatte er einen transmongolischen Rikscha-Service, und danach hat er sich an einem Gleisbauunternehmen in Kamtschatka verspekuliert. Sein letztes Projekt, von dem wir gehört haben, war eine Nilpferd-Farm im Okawango-Becken. Überall, wo sie ihn geschnappt haben, gelang es ihm nach kurzer Zeit zu fliehen. Für den ist kein Gefängnis dicht und keine Mauer hoch genug. Der letzte konkrete Hinweis auf ihn kam aus Marrakesch. Danach verlor sich seine Spur. Aber die Jungs vom BKA haben ihn seit kurzem wieder auf dem Schirm. Nun haben wir einen verdeckten Ermittler auf ihn angesetzt, und der hat uns die Information geliefert."

Wortlos klickte Bross den Anruf weg und atmete aus. Er hatte genug gehört. Es war keine Zeit mehr für eine sinnlose Abrundung des Gesprächs, irgendwelchen schwachsinnigen Small Talk oder gar dafür, zu warten, bis der am anderen Ende Luft geholt hatte. Jetzt zählte jede Sekunde. Er hackte eine Nummer in die Tastatur.

„Keule?", fragte Bross, nicht abwartend, dass sein Gesprächspartner sich mit dem Namen meldete. Er sprach das Wort so kurz wie möglich aus, um Zeit zu sparen.

„Ja, Chef?"

„Wir haben einen Fall. Schätze, das wird mein härtester."

„Um Gottes willen! Doch nicht etwa – – –?"

„Ja. Ich hole dich ab."

Bross sah aus dem Fenster und rieb sich den Nacken. Wenn er seine ewigen Verspannungen nur lösen könnte! Draußen hatte die Sonne die Straße inzwischen vollends abgetrocknet. Er nahm seinen zweiten, noch trockenen Trenchcoat vom Haken, setzte einen anderen Hut auf, steckte sich eine Zigarette in den Mund, ging zur Wohnungstür und griff nach der Klinke.

Kaum hatte er die Tür geöffnet, schrak er zurück. Draußen stand eine Nebelkrähe in einer schmuddeligen Kittelschürze von undefinierbarem Material; Muster und Farbe erinnerten an aufdringliche, depressiv wirkende Schlafzimmertapeten des 19. Jahrhunderts. Auf dem Kopf trug sie ein vorn gebundenes, pinkfarbenes Kopftuch, zu dessen Seiten wirres, unterirdisch schlecht gefärbtes, rotes Haar herausdrängte, das einen schreienden Kontrast zu der Erscheinung unterhalb des Kopfes bot.

Er schrak zurück.

Die Concierge. Sie musste direkt vor der Tür gestanden haben.

„Herr Bross, so geht das wirklich nicht", krächzte sie.

Das war's dann mit der Ruhe der abendlichen Dämmerung.

„Ich habe genau aufgepasst. Sie haben noch keinen Finger gerührt. Gucken sich" – gelegentlich ließ sie die Anrede aus, wenn sie überflüssig erschien, und das war sie, wenn Frau Schlichting sich erregte – „gucken sich doch mal diese Sauerei an."

„Frau Schlichting …"

Irgendwie hing er direkt vor ihrem Gesicht fest. Sie war eine wahrlich massige Person, herrisch, größer als er, mit einer groben Physiognomie.

‚Schweinebacken', dachte Bross. ‚Sie hat Schweinebacken. Hängende Schweinebacken.' Alles im Gesicht war irgendwie zu groß geraten, vor allem die Poren des zellulitischen Bindegewebes, das einmal ihre Haut gewesen sein mochte. Geradezu erstaunlich war der Faltenwurf ihres Dreifachkinns.

‚Schweres Kinn und schwere Kindheit', sinnierte Bross. Unwillkürlich sah er einen dieser erbarmungswürdigen, überzüchteten Hunde vor sich, die ihre Nackenfalten von hinten nach vorn stülpen können. ‚Wenn so ein armes Viech aus vollem Lauf bremst', dachte Bross, ‚schieben sich die Falten von selbst zusammen und begraben Gesicht und Hund in sich. Und ist der Hund einmal unartig, schiebt Herrchen, und dann ist Ruhe.'

Der Unterschied zu Frau Schlichtings Falten bestand lediglich in der Bewegungsrichtung: Die der Hunde verschoben sich horizontal, ihre vertikal, vor allem, wenn sie sich setzte. Oder laut sprach. Auch hinterließen sie am Ende der eigentlichen Bewegung eine Art sichtbares Echo, ein Nachbeben, das noch eine Zeitlang anhielt, bevor es allmählich abebbte.

„Herrrr Bross! Was gucken Sie denn so? Woll'n sich jetzt gefälligst – – –!"

Weiter kam sie nicht. Für derlei Kinkerlitzchen war keine Zeit. Er hatte Großes zu erledigen, auch um den Preis des Kollateralschadens einer zum Schweigen gebrachten, beleidigten Hauswirtin. Etwas, das im nationalen Interesse stand. Er hatte einen Auftrag. Er war Kommissar Bross. Da konnte er sich nicht um Schmuddelwasser im Treppenhaus oder um Kippen auf dem Boden kümmern. Und so flossen all seine Routine, all seine Erfahrung aus ungezählten Fällen, all die Schärfe seiner Entscheidungskraft in die aristokratische Lässigkeit seiner Atmung und der folgenden Handbewegung ein, mit der er die Concierge zur Seite schob. Völlig außerstande, ihm auch nur das Geringste entgegenzusetzen, blieb sie wie schockgefrostet stehen, während er ihr mit zwei Fingern an seinen Hut fassend einen kurzen Abschiedsgruß zukommen ließ und die Treppe heruntereilend verschwand. Rechts und links im Treppenhaus öffneten sich Türen, und Nasen ragten heraus, die aber nur noch den Luftzug seiner zielgeführten Bewegung spürten.

Auf der Straße hörte er noch eine Zeitlang ein unartikuliertes Krächzen hinter sich, dann verlor sich das Geräusch in dem des einsetzenden Regens

3

Der Fußweg zu Keules Wohnung betrug wenig mehr als eine halbe Stunde. Bross hatte sich auch geistig erfolgreich von der Concierge abgesetzt und strebte zügigen Schrittes auf sein Ziel zu. Streng nach seinem Credo „Immer im Dienst, immer im Auftrag" nahm er den kürzesten Weg: an der langen wilhelminischen Häuserzeile seiner Straße entlang, dann über die schattige Kastanienallee, vorbei am alten Kino, in dem sich heute Kiefs Kneipe befand, rechts in die Eichendorffstraße und dann am Ende quer durch den Park und über die Holzbrücke des Ententeichs.

Keule lebte in einer kleinen Einliegerwohnung in einem größeren Einfamilienhaus, Parterre, Seiteneingang. Ursprünglich waren die Räumlichkeiten als Büro für den Dachdeckerbetrieb des Besitzers angelegt worden und daher für Wohnzwecke nicht sonderlich günstig geschnitten. Nach der Frühverrentung des Dachdeckers – er hatte auf dem Firstbalken stehend die Motorsäge angeworfen, war ins Straucheln geraten und hatte dabei nicht nur den Balken, sondern auch sein rechtes Bein angesägt – musste irgendwie Geld her, und da die Räume nun nicht mehr gebraucht wurden, baute man sie im Schnellverfahren zu einer Wohnung um.

Vor Keule hatte ein Musiker in der Wohnung gelebt. Dieser sonderliche Vogel hatte auf seinem Briefkopf als Dr. Schmoll firmiert, wobei sich später erwies, dass Dr. für Dirigent und mitnichten für Doktor stand. Mehrere Provinz-Blasorchester waren dieser Täuschung aufgesessen und hatten seine Dienste als Kapellmeister in Anspruch genommen, übrigens immer zur vollen Zufriedenheit der Musiker. Von den Proben und gelegentlichen Auftritten konnte Schmoll aber kaum leben. Außerdem störten ihn die grotesken Uniformen in Gestalt von Husarentrachten des

19. kombiniert mit Perücken des 18. Jahrhunderts, die er bei den Volksfestauftritten zu tragen gezwungen war. Sein ständiger Widerwille erweckte schließlich seine kriminelle Energie: Schmoll verscherbelte erst die Leihinstrumente, die für die Jugendarbeit bestimmt waren. Und weil der Schwund niemandem auffiel, machte er letztendlich alles zu Geld, was er in den Musikvereinen, für die er arbeitete, finden konnte.

Als der Schwindel aufflog, war Dr. Schmoll verschwunden. Gerade noch rechtzeitig, denn einige der kantigsten und entschlussfreudigsten Gesellen der Umgebung tauchten kurz darauf mit unheilvollem Gerät im Gepäck vor seiner Wohnung auf: einem Kübel geschmolzenen Teers und einigen Säcken Bettfedern, gefolgt von einer beeindruckenden, unflätige Parolen skandierenden Menschenmenge mit Fackeln und Trillerpfeifen. Wie sich erst später herausstellte, besaß der Flüchtige offenbar keine Identität. Bei der Einwohnermeldebehörde war er gar nicht erfasst, und die ehrbaren Vermieter hatten es damals in ihrer Ehrfurcht vor dem Briefkopf versäumt, sich eine Legitimation vorlegen zu lassen.

Als die Wohnung dann plötzlich frei wurde, war Keule zur Stelle und griff zu. Er stellte an seine Bleibe keine besonderen Anforderungen. Ein Zimmer mit Kochgelegenheit, warmes Wasser, das reichte ihm, und der Umstand, dass niemand anders dort einziehen wollte, weil durch die Machenschaften Schmolls gewissermaßen ein Fluch auf der Adresse lag, war ihm ganz recht. Er machte sich nichts aus Klatsch und Tratsch in der Stadt.

Keule war Bross' Faktotum, sein Gehilfe, eine Art Sancho Pansa mit unbedingter Loyalität zu seinem Chef. Beim Dezernat 12, der Abteilung für die ganz harten Aufgaben, war er als freier Mitarbeiter geführt, mit fester Teamzuordnung zu Bross. Wenn man einen Mann fürs Grobe brauchte, einen, der unter der Grasnarbe entlangkroch, der sich durch den Schlamm wühlte und Dreck fraß, dann es Keule, den man hinzuzog. Eigene Entscheidungen mochte man ihm aus gutem Grunde nicht zutrauen; als Assistent von Bross jedoch machte er einen guten Job.

Mittlerweile stand Bross vor Keules Tür und klingelte. Auf dem Weg hatte er ein paarmal vergeblich versucht, sich eine Zigarette anzuzünden, aber nasse Zigaretten lassen sich nun mal nicht anzünden. „Scheiße", brummelte Bross. Keule öffnete.

„Ah, Chef, da sind Sie ja. Kommen Sie rein. Sie sind ja ganz nass. Komisch. Hier schien bis gerade eben die Sonne. Aber den Mantel müssen Sie nebenan in die Dusche hängen. Den Hut auch. Ist Ihnen kalt?"

„Grrmpf", machte Bross. Keule verstand. Im Laufe der vielen Jahre ihrer Zusammenarbeit hatte er gelernt zu schweigen, wenn es angebracht war. Und es war verdammt noch mal angebracht, wenn der Chef aus dem Regen kam und eine Scheißlaune hatte, weil er keine hatte rauchen können und ihm das Wasser in den Nacken gelaufen war.

„Was werden wir tun, Chef?" Keule kam direkt zur Sache, als sie an seinem Wohnschlafzimmertisch saßen. Der Tisch Resopal, die Stühle Rattan, die Schrankwand Gelsenkirchener Barock. Baumarktware, vor allem durch den Lack zusammengehalten. Als Mann fürs Grobe gab es nicht viel zu verdienen.

„Wie nehmen deinen Wagen, Keule. Dann brauchen wir Informationen. Dezernat 12 erwartet uns."

„Wir sollten hinfahren."

„Richtig."

„Und keine weitere Zeit verlieren."

„Exakt."

„Der Mann ist extrem gefährlich."

„Du sagst es. Also, hol' schon mal den Wagen, Harry."

„Keule."

„Ich weiß."

„Uhrenvergleich."

„Rolex."

„Tchibo."

„Gut. Wir legen los."

Sie setzten sich ins Auto.

Keule fuhr kurz und heftig an und bremste. Das Dezernat lag direkt um die Ecke, nur ein paar Häuser weiter. Sie waren da.

4

„Okay, Keule", sagte Bross, als sie das Dezernat wieder verlassen hatten. „Wir brauchen nun eine Strategie."

„Ja, Chef."

„Wir werden Hakennase ein Schnippchen schlagen."

„Okay!"

„Ihn austricksen."

„Genial!"

„Spar dir deinen Enthusiasmus, Keule. Das Verbrechen ist nicht der Ort dafür."

„Okay."

„Wir sind gerissener als er."

„Definitiv."

„Legen wir ihn rein."

„Super!"

„Keule!" Bross missbilligte jeglichen Enthusiasmus während laufender Ermittlungen.

Keule räusperte sich. „Was schlagen Sie vor?"

„Wir nehmen seine Spur auf und verfolgen ihn. – Worauf wartest du noch? Wir brechen sofort auf."

„Äh … und wohin, Chef?"

„Frag nicht. Los geht's. Und erinnere mich daran, dass ich Kapstadt anrufen muss."

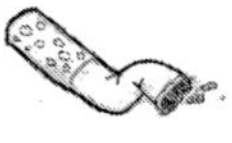

Dezernat 12 hatte sie zuvor mit detaillierten Informationen versorgt. Demnach war Hakennase seit etwa zwei Monaten wieder im Lande. Natürlich hatte er sich auf den verschiedenen Kontinenten neue Identitäten zugelegt und nutzte eine von ihnen zur

Einreise nach Deutschland, um unerkannt zu bleiben. Dabei beging er jedoch einen Fehler: Er nahm einen Flieger, der auf dem Flughafen Kassel-Calden ankam. Was er nicht wusste, war, dass dort nur eine Maschine pro Woche herunterging – ein Umstand, der die Belegschaft des Flughafens in einer Art Wachkoma hielt. Diese Starre der Untätigkeit wurde alle sieben Tage einmal dadurch unterbrochen, dass man endlich seinen Job machen durfte, was dazu führte, dass man ihn besonders gründlich machte. Und so fiel dem aufmerksamen Personal der Geruch eines von Marokko eingereisten Passagiers auf, der nicht zu seiner vorgeblich grönländischen Identität passte. Der Vorfall wurde gemeldet und landete kurze Zeit später mit einer Kopie des Reisepasses im Büro des Dezernats 12, wo allen unmittelbar klar war, um wen es sich handelte.

Darauf setzten sie Smith, eine Spezialkraft, auf ihn an. Smith, englischer Abstammung, daher der Name, schaffte es in kurzer Zeit, sich in Hakennases Nähe zu positionieren, alsbald sein Vertrauen zu erschleichen und zumindest so viel herauszufinden, dass er wieder hinter einer Sache her war, die ein großes Geschäft oder einen fetten Gewinn versprach, kein kleiner Fisch, sondern eine Mega-Nummer.

Und es gab eine Vermutung. Aus dem ortsansässigen Kunstmuseum, das sich in Anlehnung an ein großes Vorbild *Pinakothek* nannte, war vor einiger Zeit ein Ölgemälde gestohlen worden, ein richtig schwerer Brocken in goldenem Rahmen, und es war nicht auszuschließen, dass es genau dieses Bild war, für das Hakennase sich interessierte. Es war eines der Hauptwerke eines gewissen Walter Bielor, Heimatmaler aus dem südlichen Nordostwestfalen, und zeigte einen röhrenden Hirsch in der Bildmitte, flankiert von einem um eine ähnliche Äußerung bemühten Auerhahn, vor der Szenerie einer Voralpenlandschaft bei strahlendem Sonnenschein. Der künstlerische Wert dieses Opus erschien überschaubar, weshalb die Diebe einige Schwierigkeiten haben würden, es auf dem Schwarzmarkt loszuwerden.

Es hatte für einen Zeitraum von vier Wochen in einer Sonderausstellung mit dem Titel *Feld-, Wald- und Wiesenmaler* gehangen. Im englischen Ausstellungskatalog lautete die freie Übersetzung dieses Titels *Would-be artists*. Nach dem Ende der Ausstellung wurde das Bild zusammen mit anderen Werken, die das Tageslicht garantiert nicht mehr erblicken würden, flugs in den Keller geschafft und fristete dort ein kümmerliches Schattendasein, bis sich die erwähnten Diebe dafür interessierten. Das heißt, eigentlich war es eher einer Kombination aus Unterbelichtung und fehlendem Sachverstand auf Seiten der Einbrecher zu verdanken – einer übrigens fatalen Kombination – dass das Werk zu ungeahnten Ehren kam. Sie hatten es nämlich nur bis in den Abstellkeller der Pinakothek geschafft, in dem keine nennenswerten Sicherungssysteme installiert waren, weil das überflüssig erschien. Dort griffen sie aus Mangel an Zeit, Licht und besagtem Sachverstand zum größten Bild, weil sie es für das wertvollste hielten, und verschwanden. Die Museumsleitung erfuhr nach einigen Tagen von dem Diebstahl, beraumte einen Ortstermin an, bei dem die Höhe des Verlustes taxiert wurde, und entschied dann, die ohnehin völlig überlastete Polizei nicht mit derlei Kram zu behelligen. Das Schreiben an den Künstler, mit dem man ihn über die Tat informieren wollte, kam nach kurzer Zeit mit dem Vermerk „Empfänger verstorben" zurück.

Kaum war das bekannt, änderte die Museumsleitung ihre Strategie. Nun entschied man sich, sich die Angelegenheit zunutze zu machen und die Öffentlichkeit in der gebotenen Breite zu informieren. Der Diebstahl eines Bildes bedeutet immer auch einen Aufmerksamkeits- und Imagegewinn für das Ausstellungshaus. Und da praktischerweise weder Bild noch Maler zur Wertermittlung des Diebesgutes herangezogen werden konnten, war die Taxierung ganz dem Sachverstand der Experten des Museums anheimgestellt. Diese Chance ließen sie sich nicht entgehen, und so geriet das Werk quasi posthum noch zu ungeahnten Ehren. Den nützlichen Verbindungen des Museumsdirektors zur Chefin der

Landespolizeibehörde war es zu verdanken, dass diese den Fall zwar aufnahm, ihn aber recht bald wieder in der Versenkung ihrer Schreibtischschublade verschwinden ließ.

Bei einem der bekannten Hehler war das Bild bisher nicht aufgetaucht. Und genau dies, so spekulierte Dezernat 12, könnte Hakennase zu Ohren gekommen sein; wo und wie und eigentlich auch ob blieb vorerst ein Rätsel. Jedenfalls hatte er mit seinen internationalen Verbindungen garantiert Möglichkeiten, es für richtig viel Kohle an den Mann zu bringen. An einen saudischen Ölscheich etwa oder einen russischen Erdgasmilliardär, der auf deutsche Folklore stand und bekloppt genug war, sich so einen Schinken in seinem Jagdzimmer aufzuhängen.

Das herauszufinden und das anschließende Verbrechen zu verhindern, war keine Sache für eine Lusche oder einen x-beliebigen Amateur von Polizeihauptkommissar mit 30-jähriger Berufserfahrung und einer Aufklärungsquote von siebenundneunzig Prozent. Das erforderte genau einen: den Besten.

„Was genau wissen wir über Hakennases Absichten?", hatte Bross im Dezernat gefragt.

„Im Grunde nichts, Bross. Gar nichts. Wir wissen nur, dass er da ist. Ansonsten tappen wir im Dunkeln."

„Wie kommt das?"

„Na ja, du kennst ihn ja. Er spricht so gut wie nie, und wenn, dann nur sehr unverständlich. Das macht es Smith schwer, uns seine Pläne und Vorhaben mitzuteilen, so dass wir seine Bewegungen immer nur rudimentär und mit einiger Verspätung zurückverfolgen können."

„Das kann auch an Smith liegen."

„Ausgeschlossen. Smith ist unsere beste Kraft. Superausbildung, eisenhart, konsequent, emotionslos. Eiskalt, wenn es darauf ankommt. Hatte eine schwierige Phase zu überstehen. War zwischenzeitlich ausgestiegen, Motivationskrise, verstehst du? Dann nach Australien, Kängurus fangen im Outback, Atommüll versenken auf Nowaja Semlja, Trampen auf den Falklandinseln und so. Ist aber seit ein paar Jahren zurück und besser denn je. Erfolgsquote: einhundert Prozent."

„Und die Faktenlage?" Bross war dafür gefürchtet, nicht locker zu lassen.

„Widersprüchlich."

„Sehr gut. Sonst wäre der Auftrag für mich eine Beleidigung. Guten Tag."

Der erste Weg führte ihn und Keule zu Kief. Dessen Kneipe, genannt Pub am Bahnhof, lag auf dem Weg zurück zu Bross' Wohnung, ein alter Backsteinbau mit grau abgesetzten Säulenelementen und eingefassten Fenstern, der sich harmonisch in die umgebende Architektur der Jahrhundertwende einfügte. Bis in die 70er Jahre hatte der Vorbesitzer in dem Haus ein Kino betrieben, wo er schon mal die Kinder umsonst hereinließ, wenn er einen guten Tag hatte. Als er sich zur Ruhe setzte, verkaufte er das Gebäude zu einem Schleuderpreis an Kief. Der hieß eigentlich Keith, doch den Einheimischen war es zu unbequem, sich ein englisches „th" anzugewöhnen. Die zunächst angebotene Aussprache „Kies" lehnte Keith aus verständlichen Gründen ab, und so einigte man sich auf Kief, was dem Original klanglich in gewisser Weise ja auch näherkam.

Kief stammte aus Belfast und war Corporal der britischen Rheinarmee gewesen. Nach dem Ende seiner Militärzeit war er in Deutschland hängengeblieben, weil er sich verliebt hatte. So konnte er die deutsche Staatsbürgerschaft erwerben und das alte Kino für einen Schleuderpreis kaufen. Bei der Umgestaltung zur Kneipe bewies er Geschmack und bildete das Interieur einem irischen Pub nach – mit dem gewünschten Erfolg. Hier gab es ein gutes Guinness und ein ebenso gutes *Irish Stew*. Seitdem war Kiefs Pub am Bahnhof, obwohl gut einen Kilometer von selbigem entfernt, Treffpunkt für Leute, die alles wussten oder von Leuten wussten, die alles wussten und noch mehr, und lief in der Folge *Ninas Haarschmiede* den Rang als Hauptumschlagplatz für die Tagesaktualitäten der Stadt ab.

Bross stieß die Kneipentür auf und schritt, sich und Keule den Weg durch Schwaden von Zigarettenrauch bahnend, auf die Theke zu. An der Bar saß ein Mann mit rasierter Glatze und schwarzem Muskelshirt, das den Blick auf seine Bizepspakete und die Tätowierungen an Armen und Brust freigab. Kief nuschelte etwas Unverständliches. Keule erwiderte den Gruß, während Bross den Gast ansprach.

„Bross. Dezernat 12. Keine Bewegung."

Das eiskalt und zielgerichtet ausgeführte Fallenlassen seiner Hand auf die Schulter des Mannes ließ diesen zusammenzucken. Damit hatte er nicht gerechnet. Er erstarrte, mit offenen Augen, wie ein Reptil. Da war es, das lederne Charisma des Ermittlers, das noch jeden in seinen Bann gezogen hatte. Der Mann hatte keine Chance.

„Wie ist Ihr Name?"

Der Mann schluckte.

„Schulze."

„Sie sind Zeuge in einem Fall von internationaler Kriminalität. Was haben Sie dazu zu sagen?"

„N-Nichts."

„Das kann jeder behaupten, Schulze. Konzentrieren Sie sich."

„Wirklich nicht. Ich weiß nicht, wovon Sie sprechen, Herr Mross …"

„Bross", bellte Bross. „Sie sind entlastet. Sie können gehen."

Der Mann schlotterte, kroch linkisch vom Stuhl, stolperte noch über einen Bierdeckel, der auf dem Boden lag und verschwand durch die von Keule aufgehaltene Tür. Er war fix und fertig.

„Wer war das?", fragte Bross.

„Schulze", nuschelte Kief.

„Undurchsichtiger Typ."

„Hm. Alleinstehend. Arbeitet beim Wachschutz. Am Wochenende dann als Security-Mann in einer Disco."

„Werde ihn im Auge behalten." Bross saugte sein Wangenfleisch ein.

„Ich auch", nuschelte Kief. „Er hat sein Bier nicht bezahlt."

Vor Jahren hatte der Kneipeninhaber eine aufwendige Kieferoperation gehabt. Da rächten sich die Jahre des Flaschenöffnens mit den Zähnen. Damals, in seinen ersten Jahren als Wirt, warf die Kneipe noch nicht allzu viel ab, so dass er im Internet nach einem günstigen Zahnarzt recherchierte und schließlich bei einem tschechischen Dentisten in Pilsen fündig wurde, der nebenbei eine Landmaschinenschlosserei betrieb und mit dem Slogan „Operation für Kiefer hier machen" vor allem um deutsche Patienten warb. Bei der OP waren die Kiefer gegeneinander verrutscht mit dem Ergebnis, dass nun der Unterkiefer zu weit rechts saß und die Unterlippe auf der Seite eine bleibende Öffnung nach oben bot, weswegen Kief seitdem nicht mehr gern im Regen spazieren ging. Sprechen war nur noch im Bereich der hinteren Backenzähne möglich, und der Mund blieb in nahezu unveränderter Stellung, was immer er auch sagte. Heraus kam im Wesentlichen ein Murmeln. „War billig", sagte Kief stets, wenn er darauf angesprochen wurde. Immerhin verlieh die Fehlstellung Kief einen gewieften, mit allen Wassern gewaschenen Gesichtsausdruck, was seine Autorität vor den Gästen und die Quote der bezahlten Getränke deutlich steigerte.

Inzwischen war Keule zu den beiden getreten.

„Sag mal, hast du einen Mann gesehen, circa einsneunzig, sehr hager, Habichtsgesicht?", fragte er.

„So einen mit einer Riesennase, wie ein Haken? Hässlicher Vogel?", nuschelte Kief.

„Ja, genau. Hast du ihn gesehen?"

„Nein. Aber ich gebe euch Bescheid, sobald die Figur hier aufkreuzt. Der Mann ist gefährlich, was?"

„Extrem“, erwiderte Keule. „Hinweise gibt es nicht viele; bekannt ist nur, dass er in der Nähe sein muss. Wir ermitteln.“

„Ihr könnt euch auf mich verlassen“, versicherte Kief.

„Wir müssen auch wissen, was er vorhat“, warf Bross ein und ließ sein Wangenfleisch wieder locker. „Vielleicht hat es was mit Kunst zu tun, einem Bild oder so. Du kriegst doch immer einiges aus den Leuten raus. Also, du weißt, was du zu tun hast.“

„Klar, Jungs“, nuschelte Kief. „Ich lasse von mir hören.“

„Das war noch nicht viel, Chef“, sagte Keule, als sie wieder im Auto saßen.

„Fürs Erste reicht das“, antwortete Bross. „Nun bring mich nach Hause. Ich habe gleich einen Massagetermin.“

„Ach, Ihr verspannter Nacken?“

„Ja. Verdammt.“

„Sind wohl nicht lustig, die Schmerzen. Möcht' ich jedenfalls nicht haben.“

„Keule, lass dir eines gesagt sein: Schmerzen bedeuten Leben.“ Sein Schweigen atmete eine gigantische Bedeutungsschwere. Kurz darauf hielt Keule vor der weiß lackierten Tür des Miethauses, in dem sein Chef wohnte. Schwerfällig öffnete Bross die Autotür. „Wir sehen uns später. Ich ruf' dich an.“

5

Selten tat Bross etwas für sich selbst. Doch mit seinen Verspannungen im Nacken solle er nicht spaßen, hatte sein Arzt ihm gesagt und zu Massage und Muskelaufbau geraten. In letzter Zeit hatte es viel geregnet, und oft, zu oft war ihm kaltes Wasser in den Kragen gelaufen.

In der Physiotherapiepraxis wurde er freundlich begrüßt und durfte gleich ins Behandlungszimmer durchgehen. Für einen Moment hatte er den Eindruck, es würde nach Fisch riechen. Die Masseurin empfing ihn.

„Ich bin die Sindy. Sie können schon mal Ihr Hemd ausziehen und es sich schön bequem machen."

Dann verschwand sie durch dieTür.

‚Sie könnte eine Killerin sein, die auf mich angesetzt ist', dachte Bross. ‚Ich muss vorsichtig sein, verdammt vorsichtig.'

Er knöpfte sein Hemd auf, zog dann das Unterhemd über den Kopf und hängte beides an den Kleiderhaken. Zuletzt die Schuhe. Wieso glaubte er, dass es nach Fisch roch? Die Schuhe waren es nicht.

Er legte sich auf die Pritsche, bäuchlings. Ungewohnt hart war sie, härter als die Matratze seines Bettes, wo er stets schnell seine Einschlafposition fand, ebenfalls bäuchlings, doch dort konnte er sich eingraben. Das heißt, eigentlich stülpte die Matratze sich dann um ihn herum und begrub ihn, so etwa zur Hälfte. Einmal, zweimal schnupperte er prüfend an der Auflage. Nichts. Egal. Es war warm in dem Raum. Die Wände trugen angenehme, ruhige Farben: Blautöne, in Schwamm- oder Tupftechnik aufgebracht. Er dachte an Meerwasser. Und Fische.

Die Tür ging auf, und die Masseurin kam zurück.

„Na? Geht's Ihnen gut?"

Die Stimme klang etwas näselnd, und er bemerkte die Färbung der Vokale in „na" und „gut". Sächsisch? Thüringisch? Woher stammte sie? Vorpommern? Warum war ihm dieser Einschlag nicht schon vorhin aufgefallen? Und warum dachte er jetzt an eine mecklenburgische Fischplatte? An eine, die er in Boltenhagen gegessen hatte, in einem erbarmungswürdigen Restaurant, das diese Bezeichnung kaum verdiente und von einer Einheimischen betrieben wurde, deren Physiognomie in Form und Farbe eine etwas zu große Nähe zu der ihres fangfrischen, doch leider dahingeschiedenen Dorsches aufwies, der mit angebräunter Haut zwischen labberigen Pommes frites und Tiefkühlgemüse und mit einem Schlag Remoulade an der Stelle, wo das Hirn aus dem Kopf austreten mochte, aus dem Teller heraus stierte, erstarrt in seinem letzten, vergeblichen Japser nach Luft?

Bestimmt, sie kam von der Küste.

Er schaute auf. Jetzt erst nahm er ihre Erscheinung wahr. Sie mochte Anfang bis Mitte vierzig sein, war klein, drall und von einer burschikosen Herzhaftigkeit, die keinen Zweifel an ihren Absichten und am Grad ihres Durchsetzungsvermögens ließ. Deftig. Dynamisch. Ihr glattes, dunkles Haar fiel, zu einem Pferdeschwanz zusammengebunden, lang auf ihren Rücken herunter, und ihre Oberarme waren die eines Fischers, dessen vorrangige Aufgabe darin bestand, den Anker mit bloßer Muskelkraft zu lichten. Ob es auch weibliche einarmige Karussellbremser gab?

„Na, Sie gucken so."

Oder hatte sie *„gucken sö"* gesagt?

„Sie können" – *gönnen* – „es wohl gar nicht erwarten, dass es losgeht."

Erworten? Lösgeht? Um Himmels willen! Ob sie sich ihrer Aussprache bewusst war, sie gar gezielt einsetzte? Ihr volles, rundes Puppengesicht mit Bräunungsrändern in der Ohrengegend und unter dem Kinn verweigerte die Auskunft, und auch die etwas zu blass geratenen Augen ließen keinen Blick hinter die Kulissen zu.

„Wie hätten Sie's denn gern? Soft?" – Mit stimmhaftem s. – „Oder darf" – *dorf* – „ich etwas ruppiger" – *rubbischo!* – „sein?"

Er schluckte. Sie ging zum Fenster.

Und dann sah er das Fischbrötchen. Es lag auf der Fensterbank, musste die ganze Zeit schon dort gelegen haben. Zu beiden Seiten hingen die Enden eines monströsen Heringsfilets heraus, wie zwei schlaffe Dobermannzungen, die von sabberndem Speichel troffen. In diesem Fall war es Fett. Sie nahm es auf, vergrub ihre Zähne in dem Brötchen und biss ab, ignorierte die Flut der sich um sie herum verteilenden Krümel, wischte sich mit dem Handrücken über den Mund und legte es zurück. Dann näherten sich ihm ihr Atem und ihre Hände.

„Muss ja auch mal sein, nicht? Auf der Arbeit bleibt einfach keine Zeit für eine Frühstückspause."

Natürlich nicht. Nein. Sie drückte auf eine Fernbedienung, und eine grauenhaft leiernde Entspannungsmusik ertönte. Auch die Wände des Raumes begannen sich ihm zu nähern, zusammen mit ihrem üppigen Dekolleté, das weitaus tiefere Einblicke verlangte, als ihm lieb sein konnte. Heiß wurde es, ganz heiß.

„Sö, ünd nün Göpf ronno."

Herrje!

Eine halbe Stunde und eine Fischbrötchenlänge später schaffte er es gerade noch, die Eingangstür der Praxis aufzustoßen. Dann stand er im Freien und rang nach Luft.

6

Ein letzter Rest von Morgendunst lag noch über der weiten Fläche des Stadtparks. Um diese Jahreszeit waren die Rasenflächen morgens lange feucht, bevor die Sonne sie trocknete, die sich bereits über die höchsten Bäume erhoben hatte. Die Kastanien begannen zu reifen; in einer Woche würden sie einen grün-braunen Kugelteppich auf den Wegen und Wiesen bilden. In das Laub der Bäume und Büsche hatten sich die ersten Verfärbungen eingeschlichen, die vorausahnen ließen, welche Veränderungen sich bald zeigen würden. Menschen ließen sich nicht blicken. Die frühen Hundebesitzer hatten ihre Gänge schon hinter sich, die Reinigungskräfte ihre Arbeit erledigt, und Spaziergänger würden sich erst später am Tage einfinden. Wie eine Sinfonie der Natur erschien die Szenerie, eine klassische Komposition, ein impressionistisches Gemälde, das eine friedliche, weihevolle Atmosphäre atmete.

Nichts vermochte dieses frühherbstliche Samstagmorgenidyll des Parks zu stören. Ein paradiesischer Zustand. Die Zeit, so schien es, war angehalten worden. Kein Windhauch regte sich, nicht ein einziges Blatt. Ein Moment der Ewigkeit. Ein Stillleben.

Doch etwas trat ein. Etwas brach diesen Zustand der Vollkommenheit. Etwas, mit dem man nicht rechnen konnte. Zunächst war es nur eine Ahnung, eine Andeutung, die sicher wieder verfliegen würde. Ein Irrlicht, ein flüchtiger Gedanke, ein leichthin dahingeworfenes Wort.

Aber da verflog nichts.

Im Gegenteil.

Es blieb.

Und nahm zu.

Vor dem erdachten Auge des imaginären Betrachters der Szene schob sich etwas von rechts ins Bild. Langsam, unaufhaltsam. Ein beißender Geruch, wie Kriminaltechniker messerscharf analysiert hatten, nach Tabak, Essig, Männerparfüm, Bahnhofsklo und – Ziege. Ihm folgte in ziemlicher Höhe ein stahlblaues, weit auseinanderliegendes Schlitzaugenpaar, dann das lange Kinn eines hageren, hässlichen Mannes und schließlich eine Nase, die bis auf das Kinn herunterragte und gebogen war wie der Schnabel eines Raubvogels.

Er war wieder da.

Bross war früh aufgestanden. In seiner Wohnung sitzend, ging er die Faktenlage des Falles durch.

„Hakennase," rekapitulierte er in seinem unerreicht effektiven Telegrammstil. „Meistgesuchter Verbrecher der Erde. Es gibt nur zwei Länder, in denen Interpol nicht nach ihm fahndet: Italien und Russland. Dort hat man ein unverkrampftes, souveränes Verhältnis zu seinen Aktionen, und er unterhält freundschaftliche Beziehungen zu der jeweiligen Mafia, wie die Regierungen der beiden Länder genannt werden.

Sein eigentlicher Name: Karl-Fred Hollinderbäumer, genannt Karlfred. Alter: unbekannt. Erscheinung: lang und hager, trägt dunklen, breitkrempigen Hut und einen bis unter die Knie reichenden, hellen Popelinemantel. Gesicht: breit, mit eingefallenen Wangen, leicht ostasiatische Physiognomie, die habichtsähnliche Züge annehmen kann, wenn er sich in Gefahr wähnt. Und er wähnt sich permanent in Gefahr. Gesichtshaut: grünlich-grau mit schildkrötenartiger Oberflächenbeschaffenheit. Seine glatten, dünnen Augenbrauen verlaufen von den Seiten her schräg nach unten zur Nasenwurzel hin, ohne sie jedoch zu erreichen."

Ursprünglich wollte Hollinderbäumer Karriere als Countrysänger machen. Er stellte eine Band mit guten Musikern zusammen und nannte sich Tough Diesel. Singt wie Öl. Stand auf seinen Plakaten. Zwei CDs konnte er auch veröffentlichen, immerhin: *Lieder, die wie Öl runtergehen* und *Ohne Sprit geht gar nichts*.

Dann roch er an der großen Kohle, gewissermaßen, und rutschte ins Verbrechen ab. Weiß der Geier, woher er von dem unerkannten Kohlevorkommen im nordöstlichen Sachsen wusste. Jedenfalls löste er durch eine vorsätzlich weggeworfene brennende Zigarette eine Explosion gigantischen Ausmaßes aus, die ein monströses Loch von etlichen Quadratkilometern in den Boden riss und ein Städtchen namens Braunow komplett auslöschte. Motiv: Niedertracht. Als ein Jahr danach die Aschewolke abgezogen war und die ersten Trupps für die Aufräumarbeiten anrückten, fanden sie keine Spur mehr von dem Ort, dafür aber riesige Braunkohlevorkommen. Hollinderbäumer nutzte die Situation geschäftlich. Mit dem Tagebau machte er Millionen, mit denen er sich dann absetzte. Braunow geriet vollends in Vergessenheit.

Man jagte ihn durch ganz Europa, von Lappland bis zur Insel Samos. Schließlich fand man ihn in einem Dorf in den Höhen Ithakas, unter dem Bauch einer griechischen Bergziege hängend, in deren Fell er sich schon Tage zuvor auf der Flucht vor seinen Häschern festgekrallt hatte. Bereits nach kurzer Zeit hatten sich seine Finger und Zehen derart verkrampft, dass er sich nicht mehr lösen konnte und darauf angewiesen war, sich von der Milch der Ziege zu ernähren. Gnadenlos, wie er war, ließ er dem er kurz zuvor geborenen Ziegenlämmchen keine Chance, an die Milch der Mutter zu gelangen, worauf es binnen kurzem elend verreckte.

Der Mann, der Hakennase damals verhaftet hatte, war niemand anders gewesen als Bross. Er hatte ihn aufgespürt, hatte die Ziege gestellt, und er hatte als Einziger gewusst, wie man ihn aus seinem Krampf befreien konnte.

„Karlfred Hollinderbäumer?"

„Ja, verdammt", hatte Hakennase unter Schmerzen herausgequetscht.

„Dezernat 12. Hände hoch."

Und genau das tat der Gesuchte dann auch. Und fiel. In den Ziegenkot. Das fügte seinem ohnehin schon markanten Geruch noch eine entscheidende, ätzende Komponente hinzu.

Im tagelangen Krampfzustand unter der Ziege hatte sich sein Unterkiefer nach vorn geschoben und wich von da an auch nicht mehr zurück, eine Entgleisung, die nicht recht zu seinen mongolischen Gesichtszügen passte. Seitdem sprach er jedes z, s und sch gleich aus, ganz hinten zwischen den Backenzähnen.

Nach kurzer Untersuchungshaft wurde er in den Hochsicherheitstrakt von *Stuttgart-Stammheim* verlegt, wo es ihm nach nicht einmal drei Wochen gelang, das über die Dächer gespannte Stahlnetz zu zerschneiden und in einem russischen Hubschrauber zu fliehen. Seine weitere Geschichte ist die kapitaler Verbrechen und spektakulärer Ausbrüche aus den sichersten Gefängnissen der Welt. *Sing Sing* in New York war eine Lächerlichkeit für ihn, Robben Island vor Kapstadt eine Spielerei und die Käfige im *Camp X-Ray* von *Guantanamo* eine Show für Touristen.

Nun war er also in der Stadt. Als Krimineller von internationalem Format war es ihm ein Leichtes, sich unter das Volk zu mischen und so unauffällig zu verhalten, dass er völlig inkognito blieb und niemand auch nur den geringsten Verdacht schöpfte.

Im Halbprofil war sein Gesicht ins Bild getreten; nun drehte er sich langsam nach links um, einatmend und das Gelände nach Verdächtigem taxierend. Wer immer in diesem Moment in Hakennases Gesichtsfeld geraten wäre, er wäre durch seinen erbarmungslosen Blick zu einem Häuflein Asche verglüht und anschließend anstelle von Schnupftabak eingesogen worden.

Offenbar hatte er jedoch nichts Störendes wahrgenommen und war beruhigt. Dann drehte er bei und ging tief ausatmend auf den in der Ferne liegenden Ausgang des Parks zu, wo schemenhaft die Silhouette eines Mannes zu erkennen war, der auf etwas zu warten schien.

1

Es war Samstagmittag. Markttag. Dort, wo sonst Autos parkten, herrschte geschäftiges Treiben von Hausfrauen, Trolleys, genervten Eltern mit ihren schreienden Kindern, Fototouristen, Rollstuhlfahrern, alten Schachteln mit zu kleinen Hunden, wartenden Ehemännern und schwadronierenden Opis, die stur am Platz stehenblieben und den Verkehrsfluss empfindlich blockierten. Der frühe Herbst beherrschte das Angebot. Vor allem die ersten bunten Kürbisse prangten an jeder Ecke und zogen die Blicke auf sich. Die Menge bewegte sich, einem Grundsatz der Chaostheorie folgend, in nicht vorhersehbaren, sich selbst organisierenden Strukturen. All diese Menschen, sie ahnten nicht, was sich schon bald in ihrer Nähe abspielen konnte, welcher latenten Bedrohung sie ausgesetzt waren. Und vor allem schenkten sie zwei Männern keine Beachtung, die sich wie zufällig unter sie gemischt hatten, den gesamten Bereich nach Auffälligkeiten absuchten und entschlossen waren, sofort zuzugreifen, sollte sich auch nur das kleinste Verdachtsmoment zeigen.

„Dieser verdammte Londoner Nebel", brummte Bross.

„Londoner Nebel?" Keule verstand nicht ganz.

„Ja."

„Aber wir sind nicht in London."

„Richtig, Keule. Aber da haben sie jetzt gerade einen tierischen Nebel, und das ist verdammt noch mal nicht lustig für die Jungs da."

„Ah … verstehe." Keule verstand nicht.

„Wir beginnen hier, am Markt, mit unseren Ermittlungen. Ich habe vorhin London angerufen. Aber von dort gibt es nichts Neues."

„Verstehe." Keule verstand.

„Es ist von zentraler Bedeutung, zunächst ganz weite Kreise zu schlagen, um dann die Schlinge allmählich von außen zuzuziehen."

„Schlinge?" Jetzt hatte Keule den Faden verloren.

„Die um Hakennases Hals. Wenn er in der Gegend ist, hinterlässt er auch Spuren. Ein Mann wie er, mit seinem Erscheinungsbild. Der bleibt nicht unerkannt. Das werden wir uns zunutze machen."

„Gut. Und was tun wir als Erstes?"

„Etwas essen. Ich habe noch nicht gefrühstückt."

Sie hielten vor einem Wagen an, in dem Grillhähnchen auf Stangen aufgereiht glühend rotierten und goldbraun und knusprig vor sich hin schmorten. Einen Augenblick später trat von der Seite die ebenso saftig und appetitlich aussehende Inhaberin des Stands ins Bild. Sie war jung, etwas drall – um nicht zu sagen pummelig – und trug eine blau-weiß karierte Kittelschürze und ein rosa-pausbäckiges Lächeln. „Bitte schön?", strahlte sie die beiden an. Mit ihren hochroten Wangen und dem zerzausten, blonden Dutt sah sie irgendwie explodiert aus, wie ein nicht ganz zu Ende gerupftes Huhn.

„Zwei Gummiadler", brummte Bross.

„Herzlich gerne", säuselte sie, nahm zwei ihrer Ebenbilder von einer Stange, bereitete zwei Teller zu und reichte sie ihnen. „Bitte schön. Dann hätte ich gerne acht Euro sechzig."

Bross reichte ihr einen Zehn-Euro-Schein. „Herzlichen Dank", flötete sie. „Und einsvierzig auf zehn." Das Wechselgeld troff von Fett. Bross hielt es einen Moment in der Hand, dann gab er es Keule. „Hier. Spritgeld für dich."

Als sie ihr Essen beendet hatten, ging Bross zum Stand zurück und reichte der knusprigen Verkäuferin seine Karte. „Wenn Sie etwas wissen, rufen Sie mich an."

„Herzlich gern", zwitscherte sie.

Sie verließen den Stand und gingen auf den Ausgang des Marktes zu. „Moment noch", sagte Bross, als er eine Mobiltoilette erblickte. Whiddle & Pee stand auf dem weithin sichtbaren

Firmenschild. Amerikanische Kette. ‚Jetzt übernehmen die Amis schon das Pinkeln hier in Deutschland', dachte Bross. Vor dem Blechhäuschen befand sich ein Zahlautomat, der fünfzig Cent verlangte. Bross warf eine Münze ein und betrat die Kabine. Als er sie nach einer Minute wieder verließ, stand eine Frau neben der Eingangstür. Sie war etwa Anfang sechzig, schmuddelig gekleidet und auch ansonsten von unattraktivem Äußeren. Sie sah verhärmt aus, gezeichnet vom Leben und Arbeiten am unteren Ende der Gesellschaft. Bross gab ihr fünfzig Cent. „Hier. Is' 'n Scheißjob, den Sie hier machen müssen." Dann ging er. Die Frau sah ihm kurz nach, betrachtete die Münze eine Weile, warf sie schließlich in den Automaten und betrat die Toilette.

Der Stadtpark war ein Stück von der Innenstadt entfernt, so dass sie die Strecke mit dem Auto zurücklegen mussten. „Eine gründliche Ermittlung beginnt dort, wo niemand sie vermuten würde", war einer der Grundsätze, denen Bross folgte; und wer würde in diesem Fall schon mit dem Stadtpark als Ausgangspunkt investigativer Tätigkeiten der Polizei rechnen?

Keule hatte sich kürzlich ein echtes Kultauto zugelegt, einen Ford Mustang.

„Baujahr?", wollte Bross wissen.

„Kann ich nicht so genau sagen. War 'n Schnäppchen", erzählte Keule. „Ich hab' sämtliche Schrottplätze in der Gegend abgesucht, bis ich alle Teile hatte. Und die hab' ich dann zusammengeschraubt. Läuft wie 'ne Eins und hat quasi nix gekostet, weil die Schrotthändler einzelne Teile für den Mustang sowieso nicht loswurden. Und diese hier sahen eh viel zu mitgenommen aus. Ich hab' die dann für 'n paar Euro genommen, und die Händler waren froh, sie losgeworden zu sein und wieder mehr Platz zu haben."

„Bei der Farbe musst du aber noch nachbessern", bemerkte Bross.

„Klar. Ich arbeite dran. Die Teile waren natürlich nicht alle in derselben Farbe zu kriegen. Dafür habe ich Boxen eingebaut, aber vom Feinsten. High-End-Teile. Echte Spitzendinger. Satte Bässe und krispe Höhen."

„Dann lass mal hören."

Keule startete die CD, die im Laufwerk lag. The Boss Hoss: *Yee Haw*. Es wummerte schwammig.

„Krispe Höhen, sagtest du?", fragte Bross.

Keule schwieg und fummelte an den Tasten der Anlage herum.

„Daran musst du auch noch etwas arbeiten", sagte Bross.

Am Eingang des Parks lag der Großparkplatz. Sie stellten den Mustang ab und stiegen aus. Bross knöpfte den Mantel zu und zog den Kragen hoch, denn ein leichter Nieselregen hatte eingesetzt. Dann gingen sie durch das steinerne Tor, dessen schmiedeeiserne Flügel, wie immer tagsüber, offenstanden und die Besucher regelrecht einluden. Die kleinen, hellen Kiesel knirschten unter ihren Füßen, als sie wortlos den Hauptweg entlanggingen. Seit einiger Zeit waren die Grünflächen für Picknicks und Kinderspiele gesperrt. Zu lange hatte die Stadt gegen auf dem Rasen herumliegenden Müll ankämpfen müssen, so dass schließlich Schilder aufgestellt wurden, die das Betreten der Flächen untersagten. Seitdem spielte sich das Leben auf den Gehwegen ab. Jugendliche saßen mit Rucksäcken und Weinflaschen auf dem Boden, ältere Herren spielten Boule, Kinder bremsten mit ihren Fahrrädern Muster in den Kies und umkreisten Mütter, die ihre Babys in Kinderwagen in den Schlaf schaukelten. Zum Picknick setzte man sich auf die weiß lackierten Holzbänke, die im Frühjahr erst einen neuen Anstrich erhalten hatten und noch von frischer Farbe glänzten.

Zwei Reiter kamen ruhigen Schrittes auf Bross und Keule zu.

„Halt!", rief Bross ihnen entgegen, als sie nahe genug waren. Die Reiter, zwei Männer mittleren Alters, zügelten ihre Pferde und hielten an.

„Wer seid ihr?“, fragte er.
„Wir sind friedliche Reiter“, antwortete einer von ihnen.
„Woher kommt ihr?“
„Von Osten.“
„Und wohin wollt ihr?“
„Nach Seddada.“
„So zieht eures Weges.“
Die Reiter blickten sich noch ein paarmal um, als sie weiterritten, und nahmen dann ihr gemächliches Tempo wieder auf.
„Wir müssen jeder Spur nachgehen“, erklärte Bross.

Weitere Begegnungen hatten sie nicht, so dass die Ermittlungen weitgehend ergebnislos verliefen. Als sie den Mustang wieder erreichten, war Bross pudelnass. Keule hingegen hatte von dem Regen, der Bross ständig begleitete, nicht viel abbekommen. Die rote Wollmütze, die er meist trug, damit man nicht bemerkte, wie strähnig sein langes Haar fiel, war trocken geblieben.
„Wohin jetzt?“, fragte er.
„Ich fahre“, erwiderte Bross, öffnete die Fahrertür und stieg ein. „Habe noch nie hinter dem Steuer eines Mustang gesessen.“ Er nahm Keule den Wagenschlüssel aus der Hand, steckte ihn ins Zündschloss und ließ den Motor an. Ein geschmeidiges Surren ertönte.
„Das ist ein Sound, was, Keule?“
„Absolut, Chef! So was gibt es kein zweites Mal. Behandeln Sie unser Ross gut.“
Bross fuhr an,stotternd. Der Wagen bockte, als sie den Parkplatz verließen, um auf die ins Stadtzentrum führende Bundesstraße einzubiegen, und fuhr auch im weiteren Verlauf der Straße nicht rund. Er ruckelte drei-, viermal, dann schoss er ein Stück vorwärts und presste die beiden Insassen in die Sitze, um dann wieder zu ruckeln, und so hoppelte und zuckelte der Klassiker des Fahrzeugdesigns unter Absonderung eines infernalischen Motorenlärms in Richtung Innenstadt.

Keules Gesichtsfarbe wechselte ins Grünliche. Er brauchte dringend Ablenkung und schaltete das Radio ein. Liga Live. Die Halbzeit-Konferenz der Fußball-Bundesliga. Aus den Dolby-Surround-Boxen, die Keule sich geleistet hatte, schmetterte ihnen Sabine Töpperwiens bretthharter Alt entgegen. Die Stimme schwoll mit jeder Spielminute an und mit ihr Frau Töpperwiens Hals. Man hörte es förmlich. Schwellen. Auch Keules Hals schwoll.

„Mir ist übel", rief er.

„Was?" Bross verstand kein Wort.

„Mir ist übel", wiederholte Keule, deutlich lauter als vorher.

„Ja, nicht übel, was?"

„Nein, Chef, mir ist schlecht!", schrie Keule. Jetzt hörte Bross richtig.

„Okay."

Er schaltete das Radio aus, und im nächsten Moment ging das hustende Motorengeräusch in ein laszives Schnurren über, das der tiefen Lage eines Cellos gleichkam, und der Mustang hörte auf zu stottern und rollte glatt und flüssig den Asphalt entlang.

„Ah, endlich." Keule war erleichtert. „Ja, der Hobel hat manchmal Probleme mit der Benzinzufuhr. Aber das haben Sie ja nun in den Griff gekriegt, was, Chef?"

„Nein. Ich habe nur aufgehört, mit dem Gaspedal rumzuspielen und halte das Lenkrad jetzt ruhig. Außerdem habe ich die Handbremse gelöst."

Und so glitt der Mustang zurück in die Stadt. Vor dem Seniorenstift *Zur Letzten Ölung* hielt Bross den Wagen an.

„Was für ein Fahrgefühl! Was für ein Auto!", rief er.

„Ja, Chef, nicht wahr? Das ist richtig geil!"

„Werd nicht sentimental, Keule. Das können wir uns nicht leisten. Also: Wir werden uns hier trennen. Das verdoppelt unsere Effektivität. Kannst du mir folgen?"

„Mit Mühe", sagte Keule, der sich immer noch nicht wieder ganz wohl fühlte.

„Du setzt die Ermittlungen in der Innenstadt fort, während ich mich auf einzelne neuralgische Punkte konzentriere. Klar?“

„Klar.“

Bross parkte den Wagen am Straßenrand ein. Keule machte sich daraufhin zu Fuß auf den Weg ins Zentrum, während sein Chef beschloss, sich das Seniorenheim mal näher anzusehen.

8

Der Eingangsbereich zum Seniorenstift war eine Art Rondell, eine Rotunde mit einem gemütlich kreisenden Glaskörper, der eine breite Öffnung hatte und dafür sorgte, dass eine bestimmte Anzahl gleichzeitig eintretender Menschen nicht überschritten wurde. Bross meldete sich an der Rezeption.

„Guten Tag. Bross. Kripo. Dezernat 12. Ich ermittele in einem Fall von internationaler Kriminalität. Dazu muss ich alle Insassen verhören."

„Sie meinen sicher unsere Klienten, Herr Wachtmeister", sagte die Empfangsdame, ein vertrocknetes Fräulein mit zurückgebundenem, schütterem Haar. Sie trug einen grauen Rock und einen beigefarbenen Pullover. Ihre Brille saß um einiges zu tief, so dass die Dame über sie hinweggucken. „Wir begegnen uns hier auf Augenhöhe. Für den Menschen. Für die Gesundheit. Das ist die Devise unseres Hauses. Was kann ich für Sie tun?" Sie zog die Nase hoch, um die Brille auf die richtige Höhe zu bringen.

„Ich muss hier alle Insassen verhören." Bross war etwas irritiert.

„Das ist heute überhaupt kein Problem. Die Herrschaften sind alle hinten im Saal. Da ist unser samstäglicher Unterhaltungsnachmittag. Spiele mit Frau Meierkord und Humor, Musik und gute Laune mit Dr. Martin am Keyboard." Sie sprach *Key* wie das englische May aus. „Niveauvolle Unterhaltung der Spitzenklasse. Spitzenunterhaltung mit Niveau."

„Klasse", brummte Bross. „Und wo finde ich diese Veranstaltung?"

„Einen Moment", schnappte das Fräulein. „So schnell geht das nicht. Ihren Mantel und Ihren Hut müssen Sie hierlassen. So nass können Sie da nicht rein. Und Rauchen ist hier verboten."

Bross zuckte mit den Schultern. „Die geht sowieso nicht an." Er nahm die Zigarette aus dem Mund und steckte sie in die Manteltasche, wo er sie zerbröselte. Dann legte er seine Sachen ab. Umständlich entstieg das Fräulein ihrer Rezeptionskabine. „Dann kommen Sie mal mit."

Sie führte Bross einen Gang entlang, der ganz mit Glaselementen eingefasst und überdacht war. Schon beim Betreten des Gebäudes war ihm die helle, einladende Atmosphäre aufgefallen. Man hatte viel Eschenholz verbaut und Fensterfläche geschaffen, wo es eben möglich war. Durch die Glaswände des Ganges blickte man beidseitig in den Garten der Anlage, der, wenn auch etwas zu klein, ansprechend naturnah gestaltet war. Der Flur führte in einen großen Raum mit Tischen und einem Büfett in der Mitte.

„Dies ist unser Speisesaal", erläuterte das Empfangsfräulein. „Hier entlang. Die Veranstaltung ist im Festsaal." Sie gingen weiter, und Bross hörte schon aus der Ferne ein bedrohliches Gemisch von schwirrenden Akkorden aus der Keyboardautomatik und muffigen Ansagen, das auf eine nicht allzu hochwertige Mikrofonanlage hindeutete. Und auf das Niveau der Unterhaltung.

Im Festsaal angekommen, schaute Bross sich um. Der Raum hatte einen sechseckigen Grundriss, wobei sich Wände und große Fenster abwechselten. Die holzvertäfelte Decke war relativ hoch, und der Boden bestand aus Terracotta-Fliesen. Offenbar hatte man hier auch Wert auf eine freundliche Ausstrahlung des Interieurs gelegt, die Akustik aber dabei außer Acht gelassen, so dass sich in der Folge ein sehr unklares Klangbild bei jeglichen Musik- und Wortbeiträgen ergab.

Der Alleinunterhalter, ein völlig gelangweilt und desillusioniert aussehender Endfünfziger mit aufgedunsenem Gesicht und welligem grauem Haar, das er besser kürzer getragen hätte, stand in zu engem Hawaihemd hinter seinem Keyboard und sabberte näselnd ins Mikro: „ … und vielleicht auch in dich." Dann drückte er einen Knopf auf seinem Instrument, und die Automatik beendete das Lied, nachdem sie eine perfekte Schlusswendung produziert hatte.

‚Chris Roberts. *Ich bin verliebt in die Liebe'*, dachte Bross. *‚Sie ist okay-hey für mich.'* Das Keyboard – Kayboard – fiel ihm wieder ein.

„Ja, das war er, der gute Chris Roberts", näselte Dr. Martin. „Und, meine Damen und Herren, Ladies and Gentlemen, was soll ich Ihnen sagen, jetzt mitten im schönen September? Der Mai ist gekommen, und Frau Maier auch." Er zeigte auf eine abwesend dreinblickende Dame am ersten Tisch. „Hahaha. Ja, Sie lachen. Hahaha. Ja, mit *Müller* klappt der Witz nicht. Nein, nein. Dann hieße es ja, der Müll ist gekommen. Hahaha." Jemand rückte einen Stuhl zurecht, ein Zweiter schnäuzte sich in sein lang herabhängendes Stofftaschentuch. Aus einer anderen Richtung hörte man das Klappern eines Kaffeelöffels auf einer Untertasse.

„Auch heute werden hier wieder Juxraketen und Witzknaller mit hoher Treffsicherheit abgefeuert."

‚Er spricht viel zu dicht ins Mikro', dachte Bross.

„Lachsalven werden gezündet, ein Feuerwerk der guten Laune, da bleibt kein Auge trocken!"

Dr. Martin blickte in leere Gesichter. Jemand schmatzte.

„Tja, und da war ich doch neulich beim Zahnarzt." Er gab sich nicht geschlagen. „Und was sagt der da zu mir? ‚Es wird etwas weh tun. Beißen Sie die Zähne zusammen und machen Sie den Mund auf.' Hahaha."

Es hatte keinen Zweck.

Plötzlich sah er Bross und das Fräulein in der Tür stehen, brach ab und spielte erlöst einen Tusch.

„Danke, Dr. Martin", hauchte die Empfangsdame und warf dem Angesprochenen über ihre wieder hinabgerutschte Brille einen sehnsuchtsvollen Blick zu, den dieser nicht wahrnahm. Dann gab sie ein Zeichen mit der Hand, die sie an ihr Ohr schlug, und sprach laut weiter:

„Meine Damen und Herren, bitte schalten Sie nun alle Ihre Hörgeräte ein." Sie wiederholte das Zeichen. „Haben Sie verstanden? Die Hör-ge-rä-te einschalten. – Gut. Wir haben heute einen Gast." Sie deutete auf Bross. „Dies ist Wachtmeister Bross vom internationalen Dezernat. Er ermittelt in der Kriminalität und bittet Sie alle um Ihre Mithilfe."

„Kommissar Bross", raunzte Bross, saugte grimmig sein Wangenfleisch ein und ließ es wieder los, dass es ploppte.

„Der Herr Wachtmeister hat sicher einige Fragen, die wir doch auch alle beantworten wollen, gell?"

„Gut", begann Bross. „Sie alle sind Zeugen in diesem Fall. Über die Details bin ich im Augenblick noch zur Geheimhaltung verpflichtet."

Er blickte in die Menge. Viele Köpfe nickten zustimmend.

„Sie müssen schon etwas lauter sprechen", sagte das Fräulein. „Die Tatsache, dass die Leute nicken, wenn Sie sprechen, bedeutet nicht, dass sie Sie verstehen."

Bross atmete ein, um erneut das Wort an alle zu richten, wurde aber unterbrochen.

„Biete dem jungen Herrn doch mal einen Platz an, Mathilde", röchelte ein Herr, der sein Kinn auf einen Gehstock gestützt hielt, seiner Nachbarin zu. „So'n büschen Gesellschaft hier am Tisch wär' doch mal was anderes."

Mathilde hatte sich gerade einen Riesenhappen Frankfurter Kranz in den Mund gestopft. „Meinst du?", fragte sie mit vollem Mund. Ein Bissen fiel heraus. „Junges Blut und so?"

„Ja, Mathilde", rief ein anderer vom Nachbartisch herüber. „Der wär' doch was für dich."

„Ach was, Henry. Solche hatte ich zu Dutzenden", winkte Mathilde ab.

„Ich mein' ja nur. Der sieht so aus, als würde der nichts anbrennen lassen."

Um ihren Tisch herum begann es zu glucksen.

„Ich hab' ja auch nie was anbrennen lassen", fiel eine klapprige Dürre von einem anderen Tisch ein. Es klang etwas unartikuliert. Und brüchig.

„Ja, in der Küche, Huberta, da hast du nie was anbrennen lassen", rief Henry.

Allgemeines Gelächter.

„Wenn der aber 'n Kuss von mir will, muss er schon hierher kommen. Meine Hüfte macht das nämlich nicht mehr mit", krächzte Huberta.

„Der soll ja auch mit dem Mund küssen und nicht mit der Hüfte", warf jemand von hinten ein. „Oder braucht der vielleicht Nachhilfe?"

Huberta wollte sich umdrehen, aber ein krachendes Geräusch und ein stechender Schmerz in ihrer Hüfte ließen sie zurückzucken.

„Kannst du denn überhaupt noch küssen?", fragte ein Fettkloß, auf dessen Platzkarte *Anton* zu lesen war.

„Für 'n saftigen Zungenkuss wird's ja wohl noch reichen", bemerkte Mathilde und stopfte nach.

„Aber ich hab meine Zähne heute gar nicht drin", nuschelte Huberta.

„Der ja vielleicht auch nicht", sagte Anton.

Zunehmendes Gelächter.

„Was will der denn hier?", bröckelte eine Stimme.

„Konrad, Konrad, was du alles wissen willst", tadelte Mathilde. Dann fing sie den Bissen, der ihr dabei aus dem Mund fiel, mit der Gabel auf und steckte ihn erneut hinein.

„Hat den denn einer eingeladen?" Konrad gab nicht auf.

„Nee, der kommt von selber", bemerkte Henry.

„Und dann viel zu früh", raspelte Huberta und erstickte fast an ihrem eigenen Lachen.

Das allgemeine Gelächter zog immer weitere Kreise. Es brodelte.

„Kann der auch später?", rief jemand von einem entfernteren Tisch. Inzwischen war der ganze Saal aufmerksam geworden.

„Wenn er denn überhaupt kann!" Anton geriet in Fahrt.

„Ja, er sieht etwas blass aus", sprudelte Mathilde ihren Kaffee zurück in die Tasse. Nun warf man sich die Bälle gegenseitig zu, und das Tempo nahm zu.

„Er müsste mehr an die frische Luft."

„Bewegung braucht er. Rhythmische Bewegung. Und Ausdauersport."

Lautes Gelächter. Damit brachen alle Dämme. Es gab kein Halten mehr.

„Was ist denn heute mit Bingo?", keifte eine magere Alte.

„Das kann der nicht. Der kann nur Bunga Bunga", rief Konrad.

„Sein Beruf scheint ihn krank zu machen."

„Ich finde, er müsste mal entschlacken."

„Kannst ihn ja mal zu einem Fußbad einladen." Huberta lief zur Hochform auf. „Du und er, ich meine deine und seine Füße in einer Wanne …"

Der Saal tobte.

„… und dann das Badesalz …", rief es von ganz hinten.

„Blubb, blubb!"

„Und es steigt auf … und steigt … und steigt!"

Das war es dann. Ein orgiastisches Brüllen erhob sich, tumultartige Szenen spielten sich ab, Blutdruckmessgeräte meldeten Alarm, Herzschrittmacher piepten, Gehstöcke wurden vor unbändigem Vergnügen auf die Tische geschlagen und ließen Tassen und Teller Zumba tanzen, Hüftoperierte warfen ihre Krücken weit von sich, weil sie es dem Geschirr gleichtun wollten, Kiefergelenke knirschten und knackten und übertönten das Gelächter ihrer Besitzer, Anton schlug sich auf den Schenkel, doch der war ja gar nicht mehr da, Mathilde warf ein Kuchenstück nach dem anderen in die Luft, und Henry fing sie alle mit dem Mund auf. Das Betreuungspersonal geriet in Panik. Telefone läuteten, und der Notfallplan wurde in Kraft gesetzt. Das Fräulein hatte sich schon längst in eine Ecke zurückgezogen und hielt auf dem Boden kauernd beide Arme schützend über ihren eingezogenen Kopf. In all das bunte Treiben mischten sich die erbarmungswürdigen Versuche des Alleinunterhalters, die Stimmung zu retten. Ein Tusch nach dem andern erklang, jeder einen halben Ton höher als der vorige. „Was ist grün und klopft an die Tür? Ein Klopfsalat. Hahaha." Und niemand war da, ihn zu erlösen.

Bross sah sich das Spektakel eine Zeitlang an, dann atmete er endlich aus und wandte sich zur Tür. „Ich weiß genug“, brummte er. „Guten Tag.“

9

„Was glauben Sie, was dies hier ist? Ein Basar? Der Wagen kostet fünfhundert Euro!"

Hubertus Hanewinkel war ein erfahrener Autoverkäufer. Und ein sehr erfolgreicher dazu. Die Autobranche ist ein hartes, unbarmherziges Gewerbe. Wie schnell stehst du da als Verkäufer auf der Straße, wenn du dich auf einen Deal mit dem Kunden einlässt. Ein schlechtes Geschäft, dann noch eins, und du bist gefeuert. Dann kannst du sehen, wo du bleibst, mit deiner Frau und deinen Kindern und der Hypothek, die du auf das Haus aufgenommen hast. Das ist die freie Wirtschaft. Entweder du bist gut, oder du kannst dir einen neuen Job suchen.

Das wusste Hubertus Hanewinkel. Er war kein Dummkopf, oh nein. Er konnte rechnen und kannte seinen Spielraum für Verhandlungen auf den Cent genau. Sein Chef hatte allen Grund, mit ihm zufrieden zu sein. Der Titel *Mitarbeiter des Jahres* war an ihn gegangen, zum dritten Mal schon, sehr zum Neid mancher langgedienter Kollegen. Aber war das sein Fehler, wenn sie es nicht schafften? *Mitarbeiter des Jahres* bei einem der größten Gebrauchtwagenhändler des Landes. Zum dritten Mal, innerhalb von elf Jahren seiner Tätigkeit bei dieser Firma. Das hatte keiner vor ihm geschafft. Seine Zahlen stimmten. Weil er sich nichts vormachen ließ. Er hatte klein angefangen, damals, ganz klein, ganz unten. Aus einfachen, ländlichen Verhältnissen stammte er, aus einem verschlafenen Nest tief im Kreis Höxter, wo es außer ein paar Bauernhöfen und einer Kapelle nichts gab. Die Realschule hatte er nicht abgeschlossen. „Du bist zu blöd zum Milchholen", hatte seine Klassenlehrerin zu ihm gesagt, zu ihm, dem ältesten Sohn eines Milchviehbauern. Das hatte ihn aufgerüttelt, und er lernte, sich durchzubeißen. Wenn du ganz unten bist, bleibt dir nur zu kämpfen, wenn du je eine Chance haben willst. Irgendwann hatte er es geschafft und war zum Autoverkäufer aufgestiegen, bei einem kleinen Betrieb zunächst. Das war die Trittleiter zum Erfolg. Er startete durch. Sein nach außen getragener Charme paarte sich mit einer innewohnenden kühlen Professionalität – eine Kombination, aus der Erfolgsstorys gestrickt werden.

„Sehen Sie ihn sich an. Das ist ein historisches Fahrzeug. Renault 4. Den gibt's seit zwanzig Jahren nicht mehr. Für das Alter ist er erstklassig in Schuss. Kein Rost, gut im Lack. Das leidige Problem beim R4, aber nicht bei diesem hier. So einen können Sie lange suchen. Und erst recht für diesen Spottpreis. 500 Euro. Also, was ist?"

„Meister!", sagte sein Kunde. „Effendi!" Der Mann war arabischer Abstammung. „Der Wagen ist ein Schmuckstück, ein Diadem, der Stern, der im Auge der schönsten Frau zwischen Casablanca und Bagdad funkelt. Und diese Frau ist meine Frau. Ich danke Allah und falle auf die Knie dafür, dass ich sie mein Weib, mein Eigen nennen darf, die Perle des Orients, die Königin der Anmut und des Liebreizes, eine Frau, deren Schönheit die des erhabensten Diamanten weit übertrifft. Haben Sie auch eine Frau?", fragte er den Verkäufer.

„Ja, natürlich", nickte Hanewinkel..

„Oh, dann ist sie auch sehr schön, nein, sie ist außergewöhnlich schön, ja, das muss sie sein, wenn sie Ihre Frau ist! Der Ruf ihrer Schönheit reicht weit über die Grenzen dieser Gegend hinaus. Machen wir uns nichts vor: Sie können es sich leisten, sich die Schönste weit und breit zu erwählen, Sie, ein so gutaussehender, attraktiver Mann, ein Mann von Ihrem Format und Ihrem Status. Sie hätten es gar nicht nötig, jedem Rock hinterherzuschauen. Für Sie ist das Beste vorgesehen. Das sieht doch jeder."

„Ähem, nun …", sagte der sichtlich geschmeichelte Hanewinkel und räusperte sich.

„Und Sie lieben Ihre Frau, und sie liebt Sie. Ich weiß es."

„Jaja, höhö", antwortete Hanewinkel etwas verlegen, sich

erneut räuspernd, und zog das Revers seines Jacketts zurecht. „Aber was hat das … ich meine, …"

Der Araber fiel ihm ins Wort. „Ja, und Ihre Kinder, die lieben Sie auch, Ihre süßen Kinder, die Ihre Angebetete Ihnen geschenkt hat. Sie haben doch Kinder? Jungen? Nein, Mädchen natürlich. Ein Mann wie Sie hat Mädchen. Hübsche, bezaubernde Prinzessinnen. Wie viele sind es? Lassen Sie mich raten. Eines? Nein, zwei. Sie haben zwei entzückende Mädchen."

„Drei", korrigierte Hanewinkel und lächelte. Er schmolz.

„Drei Mädchen", schwärmte der Araber. „Welche Pracht von Lotusblüten in Ihrem Haus! Was gäbe ich darum, drei Mädchen zu haben! Meine Frau gebiert mir nur Jungen. Aber was will ich machen? Sie haben sicher allen Grund, stolz zu sein. Sie ziehen sie schön an, ja?"

„Naja, das macht eher meine Frau."

„Aber Sie bewundern sie in ihren Kleidern. Und dann bringen Sie ihnen die schönen Künste nahe, Ballett, Klavier, Gesang. Sie tun alles für Sie. Weil Sie ein guter Vater sind."

„Man …" – Räuspern – „… man tut, was man kann. Sagen Sie mal, woher wissen Sie das alles?"

„Effendi, Sie tragen es vor sich her, obwohl Sie nicht darüber sprechen, in Ihrer grenzenlosen Bescheidenheit. Doch man sieht es Ihnen an, Ihren Vaterstolz können Sie nicht verbergen. Eine hübsche Frau und drei bezaubernde Töchter! Da soll ein Mann nicht stolz sein. Zu beneiden sind Sie, wirklich. Der Erfolg – und den haben Sie, beruflich wie privat – der Erfolg hat viele Neider."

Hanewinkel errötete wieder und lächelte. Die Röte stieg bis in seine Ohren. Das Gift hatte längst zu wirken begonnen.

„Erfolg, Meister, wer wünscht sich den nicht? Ich habe auch Erfolg, privat, verstehen Sie, meine Frau ist schön, und sie liebt mich. Aber wie kann ich sie ernähren? Alles ist so teuer. Kleidung, Nahrung, Benzin, alles ist so teuer geworden. Und sie hat keine Zähne. Krankenkasse, sagen Sie? Können Sie vergessen! Die zahlt nur ein Almosen. Wie soll ich meiner Frau die Zähne bezahlen?

Sie kann nicht essen, kann nur trinken. Wie entwürdigend ist das! Immer Brei, tagein, tagaus nichts als Brei. Und wenn sie spricht und mir etwas sagt, kann ich es nicht verstehen. Sie ist eine junge Frau, sie will leben, will essen, will genießen, aber es geht nicht. Und dann meine sieben Kinder, alles Jungen. Ich muss sie ernähren, aber wie soll ich das machen, bei den Kosten?"

Hanewinkel schluckte. Er war unfähig, etwas zu sagen. Ein Kloß hatte sich in seiner Kehle gebildet, seine Augen wurden feucht. Nun galt es nur noch, ihm den Todesstoß zu versetzen.

„Ich will, dass sie zu Fuß zur Schule gehen, für ihre Gesundheit, aber sie haben Beulen an den Füßen, weil ich ihnen keine Schuhe kaufen kann. So muss ich sie fahren, müsste ich sie fahren, aber ohne Auto? Ich kann sie nur auf unseren Esel setzen, einzeln, und sie bringen. Siebenmal reite ich mit einem von ihnen und muss früh aufstehen, denn sie müssen ja pünktlich sein. Ich will, dass sie eine gute Schulbildung erhalten. Es soll ihnen einmal besser gehen als ihren Eltern. Effendi, Meister, sorgen Sie dafür, dass Ihre Mädchen ein gutes Leben haben. Ich kann es meinen Kindern nicht bieten."

Der erfahrene Verkäufer begann leise zu schluchzen. „Bitte", wimmerte er, „bitte, Herr ..."

„Abdallah. Abdel Abdul Abdallah."

„Kann Ihre Frau Ihnen denn sagen, dass sie Sie liebt?"

„Ich nehme an, sie versucht es, doch was sie sagt, kann niemand verstehen. Sie hat ja keine Zähne. Sie weint den ganzen Tag, weil sie es mir nicht sagen kann."

Das war zu viel für den braven Mann. Laut schluchzte er auf, dann riss er sich zusammen und sagte eindringlich: „Herr Abdallah, Sie dürfen Ihre Kinder und Ihre Frau nicht vernachlässigen! Sie haben ein Recht auf Leben, auf ein Leben in Wohlstand, auf Schulbildung!"

„Es ist schon gut, Herr Hanewinkel. Sie sind ein herzensguter Mann, aber das ist mein und unser Schicksal. Wir müssen uns fügen. Allah will es so."

„Nein!", Hanewinkels Stimme erstickte fast in seinem Schluchzen. „Das lasse ich nicht zu! Sie sind ein guter Mann, Herr Abdallah! Sie lieben Ihre Familie und tun alles für sie, was in Ihrer Macht steht, und noch einiges mehr. Und Sie brauchen ein Auto. Nehmen Sie es! Es gehört Ihnen! Nehmen Sie es mit!"

„Aber Herr Hanewinkel, das kann ich nicht annehmen. Und ich will es nicht annehmen. Ich bin kein Bettelmann."

„Aber ich schenke es Ihnen."

„Das wäre eine Beleidigung für mich und meine Familie. Wollen Sie uns beleidigen?"

„Um Gottes willen, nein, wo denken Sie denn hin? Bitte beruhigen Sie sich. Ich möchte Ihnen nur etwas Gutes tun. Sie wollen mir wirklich Geld geben?"

„Selbstverständlich. Ich bin doch kein Dieb! Einhundert Euro."

„Sind Sie verrückt? Das können Sie sich nicht leisten! Machen Sie keinen Fehler, von dem Sie sich nicht mehr erholen."

„Also gut, dann fünfzig."

„Dreißig, Herr Abdallah. Dreißig sind genug, wirklich."

„Na gut, dreißig. Aber weniger auf gar keinen Fall! Das könnte ich mit meinem Gewissen nicht vereinbaren."

„Sie schlagen ein?"

„Ja."

„Danke", seufzte Hanewinkel. Dann fiel er Abdallah um den Hals und küsste ihn. „Ich danke Ihnen von ganzem Herzen. Sie sind zu gut zu mir. Nun fahren Sie nach Hause zu Ihrer Familie, machen Sie morgen einen Ausflug mit ihr, und holen Sie nächste Woche Ihre Kinder von der Schule ab. Und Ihre Frau fahren Sie zu einem Zahnarzt. Hier sind die Schlüssel."

„Ich habe zu danken. Das werde ich Ihnen nie vergessen." Er riss sich los, zog zwei Geldscheine aus der Tasche, die er dem Verkäufer reichte, dann hatte er es plötzlich ziemlich eilig, setzte sich ins Auto und verschwand, den immer noch schluchzenden und ihm nachwinkenden Verkäufer in einem bläulichen Abgasschleier zurücklassend.

10

Vor dem Seniorenstift setzte sich Bross in den Mustang und schaute auf sein Handy. Eine Nachricht von Keule. Der hatte seinen Plan, in der Innenstadt zu ermitteln, für heute aufgegeben und bat darum, am Rathaus abgeholt zu werden. Bross startete den Motor, und sofort war da wieder dieses unglaublich erotische Schnurren. Er lehnte sich zurück, um dieses sinnliche Geräusch für einen Moment zu genießen.

Eine knappe Stunde später löste er dann die Handbremse, legte den ersten Gang ein und fuhr los.

„Und, wie läuft's?“, fragte Keule, als er wieder im Auto saß, und schob seine Mütze zurecht.

„Frag nicht.“

„Wieso nicht?“

„Schnauze.“

Bross wusste, dass Keules Ermittlungen völlig ergebnislos verlaufen waren, da brauchte er gar nicht zu fragen.

„Bei mir war's gar nicht so schlecht für den Anfang“, berichtete Keule. Gesehen wurde Hakennase noch nicht. Aber ich hab Pulle getroffen, den Penner vom Paulinenplatz. Kennst du doch. Den mit der Kartoffelnase. Dem hab ich Hakennase beschrieben. Jetzt will der seine komplette Sprittergang auf ihn ansetzen, und die sind ja in der ganzen Stadt unterwegs. Sobald einer was weiß – äh, wohin fahren wir?“

„Wenn dein Penner mal zuverlässig ist“, raunzte Bross und trat aufs Gas. Bald darauf waren sie in der Vorstadt angekommen, in der jetzt, gegen Abend, und eigentlich überhaupt, nur wenig Leben auf den Straßen herrschte. Immerhin, ein paar kleine Geschäfte gab es hier noch. Vor einem von ihnen hielt Bross an.

Er stieg aus und ging die zwei Stufen zur Eingangstür des

Ladens hinauf. Sie war verschlossen. „Verdammt", grummelte er, schaute auf das Schild mit den Öffnungszeiten und las, dass der Laden samstags um zwölf Uhr zumachte. Verärgert stieg er zurück ins Auto.

„Wie spät ist es, Keule?"

„Kurz vor sieben."

„Mist."

„Was für ein Laden ist das denn?"

„Schlipper. Ich brauche unbedingt Mottenkugeln. Die Viecher fressen mir die Klamotten im Schrank von der Stange. Und Schlipper ist der einzige Laden weit und breit, wo du so was einfach kaufen kannst. Lose, verstehst du, stückweise. Die haben sie im Glas auf der Theke."

Keule stieg aus und presste sein Gesicht an das etwas erhöht liegende Schaufenster. Eine solche Kombination von Auslagen hatte er noch nie gesehen. Dort lagen Hausschuhe, Rattengift, Kaugummi, Bundeswehr-Essenspakete, Comics, Schuhanzieher, Socken, Fliegenspray, Lockenwickler (Lockenwickler? – Lockenwickler!), Mausefallen, ein paar Gläser mit Einweckgemüse, ein Sammelalbum für Fußballbildchen mit dem Portrait des jungen Franz Beckenbauer im Nationaltrikot, ein Päckchen Tütensuppe mit demselben Portrait („Kraft in den Teller, Knorr auf den Tisch!"), alles offensichtlich sorgsam angeordnet auf einem Stoff unbestimmbarer Farbe. Und alles wirkte vergilbt, angestaubt und verblichen, als läge es seit fünfzig Jahren schon unverändert dort. An einer Stelle schien etwas zu fehlen; dort zeichnete sich ein kräftig roter, kreisrunder Flecken auf dem Stoff ab. Das musste einmal die Stofffarbe gewesen sein, und der fehlende Gegenstand war sicherlich erst vor kurzem entfernt worden, sonst wäre die Stelle im Sonnenlicht schon stärker verblichen.

„Sagen Sie mal, wie kommen Sie denn ausgerechnet auf diesen Laden?", wollte Keule wissen, als sie schließlich weiterfuhren.

Bross atmete aus. Nach einer Weile antwortete er: „Keule, es gibt im Leben Stationen, die vergisst du nicht. Die bedeuten dir was

– bis in alle Ewigkeit. Die kommen immer wieder zu dir zurück, auch wenn du sie nicht mehr hast. In dir, da kommen sie wieder, und dann siehst du sie vor dir und fragst dich, verdammt, wo sind sie geblieben? Du greifst nach ihnen, aber sie sind nicht mehr da. Da kannst du von Glück reden, wirklich von Glück, wenn es die eine oder andere Station doch noch gibt, verändert, klar, aber dann doch noch irgendwie da, wenn auch nicht mehr da."

„Ja …" Keules Hals wurde trocken.

„Tja, und so eine Institution, das war Schlippers Geschäft. Damals, in den 70ern, lebten die Alten noch. Heute macht das der Sohn mit seiner Frau, und die sind jetzt auch schon sechzig oder so."

Keule schwieg. Bross fuhr fort: „Die Stationen deiner Kindheit, die leben für immer in deinem Gedächtnis und in deinem Herzen. Da sind Gerüche, Gefühle, Gesichter, Geschmäcker, Geräusche, die immer wiederkehren. Du erinnerst dich an das Sahnehörnchen vom Bäcker nebenan, du hältst es in der Hand, und du heulst noch genauso wie damals, als du es auf die Straße fallengelassen hast, und die Sahne zerfloss in der Sonne, du fühlst das Holzschwert in der Hand, das du selber geschnitzt und geschliffen hast, der Balmung war das für dich, das Schwert von Siegfried. Du riechst den Teer, als die Straße vor eurem Haus neu gemacht wurde, den Schweiß der Nachbarin, wenn sie dich im Arm hielt, und du wolltest sie wieder loswerden, ja, und du erinnerst dich an den Geruch von Pisse, wenn du zu Schlipper gingst. Du machtest die Ladentür auf, und es roch nach Pisse, nach kalter Pisse."

Keule bewegte sich nicht. Ruhig glitt der Mustang die Straße entlang. Sie waren längst weit außerhalb der Stadt.

„Und da war ich immer, um die neusten Comics zu kaufen. Nicht *Micky Maus* und *Fix und Foxi* und so'n Quatsch, nein, das richtige Zeug für Jungs: *Hondo, Ivanhoe, Superman*, solche Sachen. Und dann durftest du einmal in das große Glas greifen, das da auf der Theke stand."

„Das mit den Mottenkugeln?"

„Nein, mit den Bonbons, Lakritz, Drops und so."

„Das ist lange her", sinnierte Keule.

„Ja." Bross' Gesicht hatte einen versonnenen Ausdruck angenommen. „Manchmal gehe ich noch hin, aber das Gefühl von damals, das ist nicht mehr." Er schwieg eine Weile, dann seufzte er: „Schön war das, Keule, schön war das."

Lange Zeit sagte niemand etwas. Schließlich brach Keule das Schweigen.

„Wissen Sie", begann er langsam, „was der schönste Moment in meiner Jugend war?"

„Nein."

Keule schluckte. „Das war, als mein Vater mich einmal mit der bloßen Hand verprügelte."

„Um Gottes willen Hattest du etwas angestellt?"

„Nein …"

Bross dachte einen Moment nach, dann sagte er: „Ah, weil es das einzige Mal in deinem Leben war und er dich sonst nie verdroschen hat? Weil du ihm für die einmalige, wertvolle Lebenserfahrung dankbar bist?"

„Nein. Weil er die Dachlatte nicht fand, mit der er es sonst machte. Ich hab' geweint vor Rührung. Das werde ich nie vergessen."

Keule blicke herüber zu Bross. Seine Augen schimmerten. Bross blickte zurück zu Keule. Seine Augen schimmerten auch.

Sie hatten jetzt eine Anhöhe erreicht, von der sie weit ins Tal nach Westen schauen konnten, wo sich die Sonne allmählich senkte und eine goldene Farbe annahm. Sie wurde umspielt von dramatisch geformten Wolken, durch die sie sich hier und da ihren Weg brach und ihre Strahlen in Richtung Erde schickte. Bross hielt an und stellte den Motor ab. Keule kurbelte seine Fensterscheibe herunter, und Bross folgte seinem Beispiel. Die hereinströmende Luft war mild, und kaum ein Windhauch rührte sich mehr.

„Keule?"

„Ja, Chef?"
Stille.
„Darf ich dich was fragen?"
„Ja."
Längere Stille.
„Kannst du Mundharmonika spielen?"
„Na ja, bin kein Profi, aber für den Hausgebrauch reicht's."

Keule griff in die Brusttasche seines Hemdes und holte seine Blues-Mundharmonika heraus, die in D. Bross öffnete seinen Mantel, holte eine Art dünner Teppichrolle daraus hervor und breitete sie auf seinen und Keules Knien aus. Es war eine Keyboard-Tastatur, klein, aber für genau diesen Zweck reichte sie. Das anhängende Kabel steckte er in den Zigarettenanzünder des Mustang.

„Kennst du *Mister Blue*?", fragte er Keule.
„Klar. *The Fleetwoods*. 1959."
„Es gibt davon auch eine deutsche Version, von Detlef Engel."
„Detlef Engel?"
„Ja. Der hat Anfang der 60er die ganzen amerikanischen Sachen gecovert. Sollte eine Zeitlang sogar mal als der deutsche Ricky Nelson aufgebaut werden. Hat aber nicht geklappt. Ist auch egal."
„Okay. Los?"

Bross griff auf den Tastenteppich. Intro. E-moll halbvermindert. *„Ich bin so allein, du bist so fern. Mein Herz* (A-Dur) *kommt nicht zur Ruh' (D-Dur)."* Keule erkannte die Melodie und spielte den zweiten Teil des Intros mit. Dann leitete Bross zum gemütlichen Shuffle des Songs über: D-Dur, fis-moll, G-Dur, A-Dur. Er spielte und sang: *„Oh, Mister Blue, bring ihr meine Grüße …"* Keule füllte die Pausen mit kurzen Mundharmonika-Einwürfen, und je länger der Song dauerte, desto mehr gewann er an Sicherheit. Bluesig, sparsam und stilsicher, so blies Keule, als er sich endgültig in die Harmonien und den Charakter des Liedes hineingefühlt hatte, und Bross' gepflegter und leicht unterkühlter, vibratoloser Bariton führte dezent, ohne der Mundharmonika den Platz für die solistischen Passagen zu nehmen. Es nahte der Höhepunkt des Liedes: *„Ich habe* *jede Nacht allein an sie gedacht, doch sie ging fort und das hat weh getan."* Eine kurze Pause des Innehaltens, dann ein gemeinsames Atmen, in beiden Gesichtern ein Ausdruck, als stiege beißender Zigarettenrauch bis in ihre Augen auf, und ein perfekter gemeinsamer Einsatz zur Schlusswendung. Sie sahen sich an und wussten: Das war Musik, das war wirklich Musik.

Noch lange, nachdem der Schlussakkord verklungen und die Sonne untergegangen war, saßen sie da, still und unbewegt. Sie glaubten, den Nachhall des Akkordes in der Ferne zu hören und spürten die Luft des lauen Abends im Gesicht, verloren in Gedanken an die eigene Jugend, die nicht wiederkehren würde, weil sie nicht wiederkehren konnte.

11

Für Bäume im Wald ist der Sonntag ein stinknormaler Tag wie jeder andere. Die paar Wanderer mehr als alltags stören nicht weiter, trotz der unfreiwilligen Komik dahingeschmetterter Wanderlieder des einen oder anderen Gebirgsvereins.

Ein ganz anderes Lied können die Vettern der Waldbäume singen, die im Stadtpark stehen. Am späten Vormittag geht es los. Da rücken elastisch-lärmend die ersten Jugendgruppen und Kegelvereine zum Picknick an, lehnen als Erstes ihr gesamtes Gelumpe an die Bäume, Partybänke, Sonnenschirme, Campingstühle, das volle Programm, dann wird der Grill angezündet, und so geht das weiter. Liebespaare ritzen ihre Namen in die Baumrinde ein und umrahmen sie mit großen Herzen, auf der Rückseite schifft einer den Stamm hoch und merkt nicht, dass er sich besprenkelt, kleine Ekelpakete von Kindern spielen Fangen um die Bäume herum und klettern hinein, was ist schon so ein bescheuerter Zweig, den brech ich mal locker ab und haue meinen kleinen Bruder damit, denkt Marvin-Tordil, klasse, und am Ende landet der ganze vom Grillen übriggebliebene Rotz unter dem Baum, verkohlte Würstchen, Pappschalen vollgeschmiert mit Currysoße und zu guter Letzt die Grillkohle, meist schon abgelöscht, na immerhin, da kannste noch froh sein. Und vor allem kannste froh sein, so als Baum jetzt, wenn der Sonntagabend kommt, die Bagage sich verzogen und der Spuk ein Ende hat.

Der gemeine Waldbaum, also der Baum im Wald, der hat von all dem keinen Schimmer. Er steht da so herum. Ab und zu kommt mal ein Wildschwein zum Schaben vorbei, sonntags wie alltags – das war's.

So stand auch er da, gleichmütig, im stadtnahen Forst, ein gewisser Baum von gewisser Spezies, unbestimmbar, es würde auch gar keinen Sinn machen, sie benennen zu wollen, ein Baum eben, und stand da, wie seit unzähligen Sonntagen schon, so auch an diesem Sonntag. Das Geraschel im nahen Unterholz war für ihn nichts Ungewöhnliches. Ein Fuchs, ein Dachs, weiß der Geier. Doch dieses Geraschel war anders, irgendwie ungeschickt, unprofessionell. Da schien einiges zu Bruch zu gehen. Immer mehr verdichteten sich das Rascheln und das Knacken von brechendem Holz, bis sich schließlich, auf dem Höhepunkt des Geräuschpegels, das Gebüsch in der Mitte sauber teilte und ihm zwei Gestalten entstiegen. Die eine trug eine rote Wollmütze, die andere einen Hut und einen nassen Trenchcoat.

Langsam bewegten sich die Männer auf den Baum zu.

„Sieht verdächtig aus", sagte Bross.

Plötzlich peitschte ein Knall durchs Unterholz, gefolgt vom Pfeifen einer Gewehrkugel. Bross' Hut wurde durchschlagen. Er reagierte sofort und zog seine Pistole. Nur einen Wimpernschlag später schlug das Geschoss mit einer Wucht von 0,104*10^6 kg*m:s^2 in den Baum ein.

„Hakennase", zischte Bross. „Er ist uns gefolgt." Blitzschnell suchten seine Augen die Umgebung ab und blieben an einem struppigen Gebüsch hängen. „Schnell", drängte er Keule, und beide tauchten hinter dem ausufernd gewachsenen Gesträuch ab.

Eine halbe Minute mochte vergangen sein, da wurden Schritte hörbar, und ein Trupp von Jägern erschien. Knirschenden Stiefels bewegten sie sich wortlos auf den Baum zu, um den Einschlag zu inspizieren.

„Dicht daneben ist auch vorbei, was, Alhard?", sagte einer.

Der Angesprochene, Träger eines Schnurrbartes von imposantem Ausmaß und grotesker Formgebung, versetzte säuerlich: „Waidmanns Dank."

„Es ist noch kein Meister vom Himmel gefallen", sagte ein Dritter.

„Wem sagst du das, Edelbert", meinte der Erste.

„Weiter geht's. Weit kann unser Hirsch nicht sein."

Ihr Interesse an dem Schaden im Baum hielt nicht sonderlich lange an, und so schnell sie aufgetaucht waren, waren sie auch wieder verschwunden.

„Was war das denn?", flüsterte Keule, als sie nicht mehr zu sehen waren.

„Bizarre Jäger", erläuterte Bross während er versuchte, ein paar hartnäckige Kletten von den Aufschlägen seines Trenchcoats zu entfernen.

„Die hätten Sie fast erwischt! Wir sollten vorsichtiger sein."

„Ja. Weißt du, Keule, das ist das Blöde, wenn man so was überlebt: Man kann anschließend keinem mehr trauen. Verzichten wir vorerst darauf, sie zu vernehmen. Wir setzen unsere Ermittlungen in der Stadt fort. Vorher rufe ich noch New York an."

Am Stadtrand hielten sie an einem kleinen Fabrikareal. Weit und breit war kein Mensch zu sehen. Die Arbeiten auf dem Gelände standen jetzt, am Wochenende, still. Kein Lärm, kein Rauch, keine Bewegung. Ein Gitter riegelte das Grundstück ab. Davor sahen sie einen Mann, der hin- und herging und zu fotografieren schien. Er war komplett in weißes, weites Leinen gekleidet, und seine bloßen Füße steckten in Chucks. Auf dem Kopf saß, verkehrt herum, mit dem Schirm nach hinten, eine schwarz-weiß karierte, aufgeplusterte Schirmmütze, aus der weiße Locken aufdringlich hervorquollen. Die halblangen Ärmel des luftigen Hemdes, das er über der Hose trug, ließen noch gewollt viel von seinen viel zu braungebrannten Armen frei.

Bross und Keule gingen auf ihn zu. Der Mann hatte ihnen den Rücken zugewandt und war ganz offensichtlich damit beschäftigt, die geeignete Perspektive für Aufnahmen der Fabrik zu finden. Sie hatten ihn gerade erreicht, da hatte Keule eine Eingebung. ‚Rückzug!', schoss es ihm durch den Kopf. Der Mann drehte sich um.

„Oh, Harry“, sagte Keule verlegen. „Wie geht's?“

Er hatte die Frage noch nicht ganz ausgesprochen, da realisierte er, welchen Fehler er gemacht hatte. Aber es war schon zu spät.

„Klatsche!“, rief der Mann. „Du hier!“

Keule lief rot an.

„Ach nee, Keule, haha“, brach es in breitem Westfälisch heraus. „Ich verwechsel' dat immer, Kerl, nee, Keule, ja klar, haha, dat is' doch der Mann mit der Mütze, Rotkäppchen, leuchtet im Dunkeln, haha, Alter, der Keule, oder heißt dat die Keule, haha, jau, dat is' schon schwierig mit die deutsche Grammatik, woll?“

Vergeblich versuchte Keule ihn zu unterbrechen.

„Wie es mir geht?“, schwadronierte er weiter. „Du, frag nich, also, echt scheiße, ich weiß auch nich, wat dat mal werden soll, du, seit drei Tagen hab ich Kopfschmerzen, ich war auch schon beim Arzt, der hat nix gefunden, und jetz soll ich zum Neurologen, nächste Woche hab ich da 'nen Termin, aber ich hab' darauf keinen Bock, also ehrlich, da sitzen dann die ganzen Gestörten, die mit den Zuckungen und so, wat soll ich denn da, ich meine, ich bin doch normal, woll, nur diese Schmerzmittel, die kannste ja auch nich immer nehmen, außerdem vertrage ich die so schlecht, da wird mir immer übel, gehen ja auch auf den Magen, scheiße, wo ich doch so viel Kaffee trinke, aber ich brauch' den, du, ohne den komm' ich morgens echt nich in die Pötte, und dann sagt dieser Arzt doch, ich soll den mal weglassen, wie stellt der sich dat denn vor, ich und Kaffee weglassen, dat geht ja schon mal gar nich, nur auf diese Kopfschmerzen, da hab' ich keinen Bock mehr, vielleicht kommt dat ja auch von den Füßen, Phantomschmerzen und so, dat is' dat bestimmt, ich hab' da ja seit Jahren schon diesen Fußpilz, den werd' ich nich los, und das juckt wie bescheuert, aber meinste, da nützt irgendwat, diese ganzen Salben und der ganze Scheiß, hömma, dat is' doch nur Geldschneiderei, in der Werbung verklickern sie dir immer wat von Wundermittel und so, ich sage dir, dat is' alles nich lustig, ich meine, dat willst du doch auch nich haben, aber wenn ich Socken anziehe, dann geh' ich in die Luft von dem Gejucke, nur meine ganzen Schuhe kann ich ja auch nich versauen, ich steck' die immer schon in die Waschmaschine, und ich so zum Arzt, ob dat nich auch von den Füßen kommen kann, aber da wollte der nix von wissen, der war immer dran mit seinem Kaffee, und dann noch ne Pille und noch eine, und die vertrage ich doch nich, also dat is' schon scheiße, wenn du älter wirst, ich geb' dat zu, du, ich hab' damit keine Probleme, ja sicher, wir alle werden älter, Klatsche, du auch, da kommst du auch noch hin."

„Was tun Sie hier?", fragte Bross kühl.

„Chef!", zischte Keule. Vergeblich.

„Wat ich hier tue? Ich fotografiere ja, ne, also eigentlich bereite ich mich ja vor, ich übe, ja klar, wenn man dat vorhat wie ich, dann geht dat nich ohne, im Herbst will ich damit soweit sein, also dat ich meine Fotos auch verkaufe, Werbung, verstehste, ich mach da so richtig geile Fotos, und die verkaufe ich dann an Firmen, damit kannste richtig Geld machen, ja klar, hör mal, ich weiß doch, wat läuft, ich hab dat studiert, Medienpyschologie, weißte doch, Klatsche, mir macht keiner was vor, ich kenn die ganzen Tricks und wat ankommt, wat die wollen, die Firmen, und ich geb dem Affen Zucker, die kriegen von mir genau, wat die brauchen, und diese Fotos, die ich hier mache, dat sind Studien, ne, also nix für die Ewigkeit, ich muss ja auch mit der Kamera erstmal klarkommen, diese ganzen Funktionen, wer blickt da schon durch, aber dann, dann hab' ich wat ganz anderes vor, wat Neues, nee echt jetz, so richtig geile Fotos, mit Frauen, jungen Frauen, dat is' der Plan, hömma, und du kennst mich ja, wenn ich mir wat in den Kopf gesetzt hab, und die Frauen, also jung müssen die schon sein, sonst kauft dat Produkt ja hinterher keiner, und schön sowieso, sonst tät' das ja auch nicht, wat, Klatsche, ich hab' darüber promoviert, wat denkst du denn, sonst wüsst' ich dat nich, ja also die Mädels, die postiere ich dann vor krasse Hintergründe, so ein abgewracktes Fabrikgebäude, oder, hab' ich neulich gesehen, 'nen alten Militärkreuzer, wenn du weißt, wat dat is', ein Schlachtschiff, Marine, der so als Kulisse, am Abend dann, so dat ich mit dem Restlicht noch arbeiten kann, ich arbeite ja nur mit Restlicht, okay, nich nur, aber viel, also mit Restlicht, meine ich, und dann so ein Mädel davor, mit blauen Leggins, und so von unten angestrahlt, und diese Kamera, die macht ja reihenweise Bilder, fünf Stück die Sekunde, und ich suche davon nich das beste aus, was meinste denn, nee, ich mach' was Neues, ich leg' die alle übereinander, also am Rechner, lege ich die übereinander, was meinste, wat dat geil aussieht. Willste mal gucken?"

Er hielt Bross das Display der Kamera hin. Bross war nicht beeindruckt.

„Halten Sie sich zu unserer Verfügung", sagte er. „Und jetzt verschwinden Sie hier. Sie behindern die Ermittlungen in einem Fall von internationaler Kriminalität."

„Ich muss sowieso zurück", sagte Harry. Er hängte sich die Kamera um und ging. „Noch 'n bisschen Sonne tanken, woll? Jetzt im September hat man ja nicht mehr viel davon, da muss man dat bisschen, wat noch da is', auch wahrnehmen. Ich leg' mich gleich noch in den Liegestuhl, Arme hoch, und dann im richtigen Winkel zur Sonne ausgerichtet, damit da auch noch 'n bisschen Farbe hinkommt, man will ja auch gut aussehen, sonst …"

Der Rest seiner Einlassung verlor sich in der Entfernung.

„Harter Knochen", brummte Bross. „Aus dem ist nichts herauszukriegen."

Keule wischte sich noch den Schweiß von der Stirn. „Harry. Ich hätte es früher sehen müssen. Da sind wir noch mal mit einem blauen Auge davongekommen. Gut, dass das vorbei ist."

„Vorbei ist, wenn ich sage, es ist vorbei", rumpelte Bross.

„Klar, Chef. Sorry", nuschelte Keule.

„Es ist vorbei. – Nehmen wir uns das Betriebsgelände vor", fuhr Bross fort. „Erster Eindruck: verlassen. Hm. Was schließen wir daraus?"

„Es ist Sonntag."

„Richtig, Keule. Grund genug, uns ein Bild vom Inneren der Anlage zu machen."

„Da kommen wir nicht rein. Das Tor ist verschlossen. Und drüberklettern ist nicht. Das ist bestimmt fünf Meter hoch."

„Ich schau mich mal um", sagte Bross, steckte sich eine Zigarette in den Mund, zündete sie an, ging zum Tor, schob es beiseite und betrat das Gelände. Nachdem er zwei Meter gegangen war und sich kurz umgesehen hatte, kehrte er zurück und schloss das Tor.

„Das genügt. Ich rufe jetzt Shanghai an."

Die ersten Tropfen fielen. Dann stürzte ein Platzregen herab. Bross blieb stehen, unbewegt. Die Zigarette war längst ausgegangen. Nach einer Weile sagte er:

„Weißt du, was das für ein Gefühl ist, wenn dir die Suppe in den Kragen läuft, ganz langsam und kalt, den Nacken runter, bis in die Unterhose, und die ist mistnass?"

„Nein", antwortete Keule, der im Trockenen stand.

„Wenn dein Nacken sich verspannt und du weißt nicht, wie du dich bewegen sollst?"

„Nein. Was ist das für ein Gefühl?"

„Frag nicht."

„Weißt du, Keule, Ermitteln bedeutet vor allen Dingen eines: Präzision, Zähigkeit, Disziplin, Selbstlosigkeit, Durchsetzungsvermögen, Zielstrebigkeit und Ausdauer. Und das in dieser Reihenfolge."

Sie hatten die Innenstadt erreicht, den Wagen vor einem Friseursalon abgestellt, in dessen Schaufenster die Vorhänge zugezogen waren, und schlenderten nun an den Fassaden der sonntäglich verschlafenen Ladenpassage vorbei. Keule antwortete nicht; zu klar war die Aussage, zu überlegen, zu brillant die geistige Schärfe seines Vorgesetzten. Er versuchte zu rekapitulieren.

„Moin, moin", törte es von der Seite. „Gugge mal da, ist das nicht mein Patient? Habe ich Sie nicht neulich massiert?", sprach die junge Frau Bross an.

„Ja", bestätigte er. „Sie heißen doch Mandy?"

„Sindy", sagte Sindy. Es klang wie *Bimbi*; sie hatte gerade von ihrem Brötchen abgebissen, Lachsschnitzel mit Ei, XXL, richtig vollgepackt. Sie fing einen roten Lachsbrocken auf, der ihr aus dem Mund gefallen war, dann reichte sie Bross und Keule nacheinander die Hand.

„Geht's Ihnen gut, Herr Bross?"

„Bestens", schnappte dieser.

„Sagen Sie mal – sohchen se mol –, was sind Sie denn so nass? Das ist aber nicht gut für Ihren Nacken, wenn der so kalt wird. Das gibt Verspannungen. Und dann müssen Sie wieder zu mir."

Bross ging darauf nicht ein. „Haben Sie einen Mann gesehen, groß, hager, mit Hakennase und Raubvogelgesicht?"

Sindy zuckte zusammen, ganz kurz nur, ein Flackern in den Augen, dann hatte sie sich wieder gefasst. Bross zeigte keine Reaktion. Es war ihm nicht entgangen. Nichts davon war ihm entgangen.

„Einen Mann mit Hakennase? Wieso sollte ich den gesehen haben? – Ist das ein Verbrecher? Sind Sie von der Polizei oder was?", fügte sie hinzu.

„Ich stelle die Fragen. Was machen Sie hier in der Stadt?"

„Mittagessen", antwortete sie langsam. Sie hob die Stimme am Ende, und es klang wie eine Frage.

„Ich sagte schon, hier stelle ich die Fragen. Warum?"

Sie war misstrauisch geworden. Vorsichtig sagte sie: „Auf der Arbeit kommt – *gömmt* – man ja nicht dazu, und dann gehe ich am Wochenende immer – – –"

Bross fiel ihr ins Wort. „Haben Sie ihn gesehen?"

„Weiß nicht …"

„Hier ist meine Karte." Er reichte ihr einen feuchten Fetzen. „Wenn Sie ihn sehen, rufen Sie mich an. Und keine Zicken."

„Okay … Kann ich jetzt gehen?"

Bross machte eine wegwerfende Handbewegung. Sie verstand. Ohne sich umzudrehen oder in das Brötchen zu beißen, ging sie in die Richtung zurück, aus der sie gekommen war. Bross blickte ihr unbewegt nach. Das konnte nur eins bedeuten.

„Wahrscheinlich ist sie eine Killerin, die auf mich angesetzt ist", sagte Bross.

„Hakennase?", fragte Keule.

„Wer sonst."

„Auch das noch. Schlimm."

„Es könnte schlimmer kommen", versetzte Bross.

„Und wie?"

„Es könnte regnen."

Es begann zu regnen. Bross klappte seinen Kragen hoch und zog sein Wangenfleisch ein.

„Ich muss unbedingt Abu Dhabi anrufen."

12

„Die Geschichte bringt richtig Kohle, glaub mir."

„Is' klar."

„Glaub mir, kleine Dinge dreh' ich nicht."

„Logo, Karlfred", sagte der Mann. Er war untersetzt und hatte ein auffälliges Gesicht. „Nur, wo ist dieser Laden konkret?"

„Das weiß ich noch nicht genau. Hab' alle möglichen Leute gefragt, natürlich unauffällig, aber allzu viel kam dabei nicht raus."

„Sag mal, was wollen wir hier eigentlich? Es ist schon Nachmittag und ich habe langsam Hunger. Dies ist ein Friseurladen. Sollen wir hier etwa das ganze Wochenende verbringen?"

„Ganz richtig. Als eine Art Hauptquartier. Ist besser als ein Hotel. Und billiger ist es auch. Hier vermutet uns kein Mensch."

„Aber die Besitzer! Was ist mit denen?"

„Die kommen erst morgen Abend zurück. Ich habe das recherchiert. Keine Sorge."

Der Mann war nur halb beruhigt. „Und was willst du in diesem komischen Laden klauen, den wir nicht kennen?"

„Wieso klauen, Roulade? Kaufen. Ganz einfach. Wird nicht viel kosten, das Ding, solange der Ladenfritze nicht weiß, welchen Wert er da im Regal stehen hat."

„Ich verstehe immer noch nicht, worum es genau geht."

„Um etwas, das du dir kaum vorstellen kannst. Etwas, das du höchstens mal in deinen Träumen gesehen hast oder in einem Tyrone-Power-Film. Und da auch nur einen Ausschnitt davon."

„Spann mich nicht auf die Folter, Karlfred."

„Ein Schatz, Roulade."

„Ein Schatz?"

„Ein Schatz. Der verschollene Schatz einer arabischen Königin."

„Karlfred, das ist Unsinn. Sowas gibt's nur im Märchen."

„Willst du mich beleidigen?“ Hakennase sprang auf, zog seine Pistole und richtete die Mündung des Laufs direkt auf Roulades Stirn. Sein rechtes Augenlid bebte, das linke Auge sprühte Funken durch den engen Schlitz.

„Nein, ist ja schon gut“, antwortete Roulade. „Nimm das Ding da weg.“ Behutsam schob er den Lauf beiseite. „Sag mal, woher weißt du das?“

Hakennases Augenlid zuckte weiter, als er die Waffe einsteckte, so dass er kaum noch etwas sehen konnte. Er winkte Roulade näher zu sich heran.

„Marrakesch“, zischelte er, und es war kaum zu verstehen.

„Was? Sprich lauter, hier hört dich doch keiner. Ich denke, die Besitzer dieses Schuppens kommen erst morgen zurück. Bis dahin sind wir über alle Berge.“

„Eine Opiumhöhle in Marrakesch.“

Roulade traute seinen Ohren nicht.

„Erzähl“, sagte er schließlich.

Hakennase lehnte sich zurück in den Sessel.

„Es war eine jener Nächte“, begann er düster, „in denen die ganze Welt in einem Vertrauen von einer seligen Tiefe ruht, als gäbe es auf diesem Planeten keine einzige Bedrohung, keine Gefahr. Die letzten Lüfte, mit denen die herannahenden Schatten der Dämmerung eine Zeitlang ihr Spiel getrieben hatten, waren zur Ruhe gebettet. Im tiefblauen Dunkel des Himmels glitzerten die Sterne, eine nicht fassbare Anzahl von leuchtender Strahlkraft, aus der Unendlichkeit des Raumes herab auf die Natur. In seinem Bett floss ruhig der erhabene Strom dahin, mächtig, seit Urzeiten gleich, in breiter Bahn, seine Wasser hinter dem Horizont in das nahe Meer ergießend. Es mochte, wenn auch nicht die heißeste, so doch eine der heißesten und schwülsten Nächte des Jahres gewesen sein. – Ich wusste, wenn irgendwo in Marrakesch geheimes Wissen kursierte (Welch eine Anhäufung von im hinteren Backenzahnbereich produzierten Zischlauten!), dann in dieser

Höhle." Sein Gesicht verfinsterte sich. „Und in jener Nacht saß ich genau dort."

Schweigend hörte Roulade zu.

„Der Drogennebel in diesem Raum … die Musik … die Tänzerinnen im immer gleichen orgiastischen Wogen der Bewegung … teppichbehangene Wände … alles kam auf mich zu, immer näher, immer dichter. Das war die verdammte Droge, klar. Das hat gebissen, das Zeug, geätzt hat das, meine Fresse! Dieses Surren, dieses Schwirren … und immer wieder diese betäubende, alles lähmende Leiermusik. Über Stunden! Immer dichter wurde der Nebel, dicke, immer undurchdringlicher werdende Schwaden zogen um mich herum, bis sie mich vollends eingehüllt hatten. Und wie dieses Zeug ätzte!"

Roulade war gefesselt. „Und dann?"

„Und dann, ich war längst jenseits von Zeit, Raum und Wahrnehmung, der Himmel draußen verdüsterte sich, Wind kam auf, da, plötzlich, tauchte aus dem Nebel eine Erscheinung auf, ein Gesicht. Zunächst war es verhüllt, es mochte wohl einer der Tuareg sein, unter all den Tüchern, bis die Gestalt dann irgendwann alles vom Kopf riss und eine Fratze von grässlichen Gesichtszügen freigab, die hässlichste Hackfresse, die ich je in meinem Leben gesehen habe. Dieses Gesicht, es begann, sich langsam zu bewegen, auf mich zu, immer näher, immer dichter. Ich schwitzte wie ein Schwein, hatte die Zähne aufeinandergebissen (Schon wieder diese vielen Zischlaute aus den Backenzähnen!), und der Stoff zog, das kann ich dir sagen, und dann, als der Kerl ganz nah an meinem Ohr war, es fühlte sich an, als wäre er drin, bestimmt war er es auch, da flüsterte er mir etwas ein. Und er wiederholte es, schärfte es mir ein, fräste es in mein Gehirn, damit ich es nicht vergaß. Und da ist es seitdem."

„Was denn? Mein Gott, nun raus mit der Sprache!" Roulade hatte angesichts des ausschweifenden Erzählstils seines Gegenübers die Geduld verloren.

„Glaub ja nicht, du kannst mich reinlegen", zischte Hakennase, der die Pistole wieder gezogen und in Roulades rechtes Nasenloch geschoben hatte. „Wenn es so weit ist, wirst du es erfahren. Und keine Sekunde eher. Merk dir das! Wir ziehen die Sache durch."

„Du bist der Boss, Karlfred", sagte Roulade, diesmal weniger ruhig und souverän als beim ersten Mal. Er war nervös geworden. Hakennase meinte es offenbar ernst.

Dieser hatte den Pistolenlauf wohl etwas zu hoch geschoben; jedenfalls hatte sich das Korn in Roulades Nasenloch verkantet und hakte nun, als er den Lauf herausziehen wollte. Blut rann aus der Nase, als Hakennase ihn mit einem Schnaufen herausriss.

„Und du meinst, da kommt richtig was bei raus? Hunderttausend oder mehr?", fragte Roulade, sich die blutende Nase haltend.

„Schätze, eine Million", sagte Hakennase.

„Vielleicht auch zehn", sagte eine Stimme hinter ihnen. „Hände hoch."

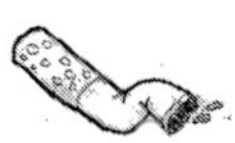

13

„Du weißt, warum du hier bist?"

Hakennase schwieg.

„Wohl nicht sehr gesprächig, was?"

Hakennase versuchte, den Knebel mit der Zunge aus seinem Mund zu drücken, um zu antworten, doch der saß fest. Er würgte.

Roulade machte eine erregte, zuckende Bewegung auf ihn zu. Von den Ohren her zog eine gefährlich rote Farbe in seinem Gesicht auf und ließ es anschwellen, wie einen Luftballon, der aufgeblasen wird. Er schwitzte.

„Du meinst wohl, du bist ein ganz Schlauer, was?" Sein Gesicht hatte eine unheilvolle Nähe zu dem des Gefangenen erreicht.

„Rede!", stieß er hervor. „Oder …"

Hakennase sah Roulades Gesicht direkt über sich. Es war teigig und wirkte, als würden Haut und Fettgewebe von Bindfäden zusammengehalten. Durch die linke, jetzt zu einer außerordentlichen Ausdehnung aufgeplusterte, an einen Frosch erinnernde Wange zog sich in der Mitte so etwas wie eine Naht. Hakennase fühlte Schweiß in sein Gesicht tropfen. Oder war es Speichel?

Roulades Gesichtsballon drohte zu platzen. Er griff zu. Mit der rechten Faust holte er zum Schlag in Hakennases Gesicht aus, mit der linken krallte er sich in den Hemdkragen des Gefangenen und wollte ihn heranziehen, doch die Fesseln hielten Hakennase zurück und schnitten in sein Fleisch. Er bewegte sich nicht einen Zentimeter.

„Du willst nicht? Dann – – –"

„Lass ihn, Roulade", sagte eine ruhige Stimme hinter ihm. „Er kann nicht." Eine Hand schob ihn beiseite. Dann ergriff sie den Knebel und zog ihn heraus. Hakennase schluckte, schnappte, keuchte.

„Weißt du, warum du hier bist?", fragte die ruhige Stimme hinter der Hand.

Der Knebel hatte seinen Kehlkopf im Hals versenkt. Hakennase versuchte, einen Laut herauszupressen.

„Weißt du es?", echote Roulade.

Nur mit Mühe war Hakennases Röcheln zu verstehen.

„… Was …"

Plötzlich löste sich ein Schuss.

Die Kugel riss ein sauberes Loch in das Hemd.

„Warum hast du ihn umgebracht?"

Mit der unerbittlichen Schärfe einer eisgehärteten Stahlklinge durchschnitt die Stimme die lastende Schwüle der Stille.

„Er redet zu viel."

14

„Abdel! Da bist du ja! Hast du ein Fahrzeug?", fragte Achmed den Mann, der am späten Sonntagnachmittag in der Tür seiner Küche stand.

„Ruhig", antwortete der. „Lass mich erstmal reinkommen."

„Nun rück schon raus mit der Sprache", drängte Achmed. „Wo steht es? Und was für ein Modell ist es?"

Abdel Abdul Abdallah schloss die Tür, kam an den Tisch und setzte sich zu Achmed. „Nicht so ungeduldig. Ihr seht es schon noch. Ist Abbas da?"

„Wie, ist Abbas da?", äffte ihn Achmed nach.

„Ob Abbas da ist, will ich wissen."

„Was glaubst du? Wo soll er schon sein?"

„Willst du mich provozieren? Ich habe nur eine einfache Frage gestellt!"

„Und wenn ich es wollte?", versetzte Achmed. „Was wäre dann?"

„Du Hurensohn!", fauchte Abdel und sprang auf. „Beantworte mir meine Frage!" Er schlug mit der Hand auf den Tisch.

„Du beleidigst meine Mutter, Elender?", fauchte Achmed zurück und sprang ebenfalls auf. Die Gesichter der beiden Männer schnellten aufeinander zu, die Augen blitzten, und ebenso blitzte die metallklingenhafte Schärfe ihrer sichelförmig gebogenen Nasen im einfallenden Abendsonnenlicht.

„Niemand will deine Mutter beleidigen. Ich will nur, dass du meine Frage beantwortest!", schrie Abdel.

„Du hast meine Frage vorhin auch nicht beantwortet."

„Räudiger Hund!"

„Dreckige Hyäne!"

Mit einem kräftigen Impuls stießen sie sich voneinander ab.

„Abbas ist im Haus", sagte Achmed ruhig und zog sein Hemd

glatt.

„Gut“, sagte Abdel und strich das seine ebenfalls glatt. „Der Wagen steht vor der Tür.“

„Abbas ist übrigens längst draußen“, warf Achmed ein.

„Wieso sagst du, er ist im Haus, wenn er draußen ist?“ Abdels Stimme nahm erneut einen schneidenden Unterton an.

„Ich habe ihn eben die Treppe herunterkommen hören. Und dann hat er die Haustür laut zugeschlagen. Er kann nur draußen sein. Wahrscheinlich sieht er sich den Wagen an.“

„Dann komm!“

Sie gingen vor die Tür. Dort stand Abbas, an einen zitronengelben Renault 4 gelehnt, die Hände in den Taschen. Aus einem Mundwinkel hing eine brennende Zigarette.

„Ist er das?“, sprach er Abdel an.

„Was dagegen?“

„Bisschen älteres Modell, was?“

„Was soll das heißen?“ Abdels Gesichtszüge spannten sich und mit ihnen der ganze Körper.

„Nichts weiter, nur, dass er auch durchhalten muss, wenn wir mit ihm abhauen.“

„Du kannst ja zu Fuß weglaufen, wenn du dem Wagen nicht traust und glaubst, du bist ohne ihn schneller.“

Abbas' Gesicht lief rot an. „Wage es nicht, mich zu provozieren, du Ungeziefer!“, zischte er. Längst hatte er die Hände aus den Taschen gezogen, bereit, jeden Moment zuzugreifen.

„Wage es noch einmal, mich so zu nennen, du Beulengesicht!“, gab Abdel zurück.

„Du – – –“, drückte Abbas durch die gebleckten Zähne.

„Was?“, antwortete Abdel mit aufwärts zuckendem Kinn, das er gefährlich spitz in Abbas' Richtung hielt.

Beide machten eine abfällige Geste, dann schloss Abbas den Mund, und Abdel zog sein Kinn zurück.

„Was hat der Wagen gekostet?“, fragte Achmed.

„Fünfhundert Euro“, sagte Abdel.

„Das meine ich nicht. Wie viel hast du für ihn bezahlt?"

„Dreißig. Ich hätte ihn auch geschenkt haben können. Aber das wollte ich nicht."

„Warum nicht?", fragte Abbas.

„Der Verkäufer. Er tat mir leid. Das hätte ihn die Stelle kosten können. Er hat Familie. Eine Frau und drei Mädchen. Er braucht den Job und das Geld."

„Gut gemacht", sagte Achmed.

Abdel wandte sich dem Auto zu. „Der Wagen ist die perfekte Tarnung", sagte er. „Kein noch so gerissener Polizist wird je auf den Gedanken kommen, diesen Klapperkasten für ein Fluchtauto zu halten oder gar es anzuhalten."

„Nein", sagte Achmed und lachte düster auf.

„Weil wir zu schlau sind", rief Abbas und fiel in das düstere Lachen ein.

„Wir drei! He he he!", lachte schließlich auch Abdel düster.

Schaurig hallte das Lachen der drei Männer von den Hauswänden wider und schwoll an zu einem Klanginferno apokalyptischen Ausmaßes. Fensterläden wurden eilig geschlossen und Lichter gelöscht. Eine Krähe fiel tot von einem Laternenmast. Unterdessen hatte sich eine dunkle Wolke vor die sinkende Sonne geschoben und die gesamte Szenerie in eine grauenerregende Nacht getaucht. Die einzigen Lichtpunkte, die sich in diesem satanischen Albtraum zeigten, waren die Blitze, die aus den Augen der Männer schossen.

Noch lange, nachdem sie wieder im Haus verschwunden waren, dröhnte das wahnsinnige Echo ihres düsteren Höllengelächters durch die tiefschwarze Schlucht der endlosen Straße.

15

„Warum?"

Die Sonntagabendsonne warf ihr orangefarbenes Licht durch einen Spalt zwischen den Vorhängen des Friseurladens.

„Warum was, Karlfred?"

„Warum hattest du dich mit ihm verbündet?" Hakennase schirmte seine Augen gegen den vorwitzigen Sonnenstrahl ab und fluchte.

„Zum Schein. Er war Polizist. Das wusstest du."

„Ja. Schon lange. Deswegen hatte ich ihm ja auch niemals mehr gesagt als Unverbindliches und nie über meine Absichten gesprochen. Aber was hat das damit zu tun? Der Knebel eben hat mich fast erwürgt", fauchte Hakennase.

„Nachdem wir herausgefunden hatten, dass er nicht sauber war, waren wir nie allein, du und ich. Das weißt du doch auch. Keine Gelegenheit, einen Plan zu schmieden, nie. Bei allem, was wir taten, war er immer irgendwo in der Nähe. Wir hätten uns vor ihm verdächtig gemacht, wenn wir uns mal zurückgezogen hätten. Er hatte Augen und Ohren wie ein Luchs. Sorry übrigens für den Knebel und die Fesseln. Aber das musste sein. Es musste ja glaubwürdig rüberkommen."

Hakennase fasste sich an den Hals und schluckte mühevoll. Sein Kehlkopf hob und senkte sich unter Zurücklegen einer beträchtlichen Wegstrecke. „Und?"

„Und was?"

„Das erklärt noch nicht alles", sagte er scharf.

„Stimmt, ja. Er ließ uns keine Chance. Und loswerden mussten wir ihn, so oder so. Also habe ich ihn dazu gebracht, die Seiten zu wechseln."

„Ja, ohne Zweifel", grunzte Hakennase, fasste mit dem

Zeigefinger in seinen Hemdkragen, um ihn zu weiten, dann reckte er seinen Hals hinaus. „Wie hast du das gemacht?"

„Das ist egal. Erzähle ich dir ein andermal. Ich habe ihn scharfgemacht auf den Schatz, und er wollte den Titel der Platte und vor allem den Namen des Ladens aus dir herauspressen."

„Den Laden kenne ich doch noch gar nicht."

„Das wusste er aber nicht. Und wir hatten nur dann eine Chance, ihn aus dem Weg zu räumen, wenn ich frei war und sein Vertrauen hatte."

„Oder ich."

„Er war hinter dir her, Karlfred, nicht hinter mir."

„Du hättest mich immerhin einweihen können", zischte er böse. „Oder mir zumindest ein Zeichen geben."

„Dann hättest du dich ihm gegenüber sicherlich anders verhalten, und er hätte Lunte gerochen. Nicht auszuschließen, dass die Bullen dann die ganze Aktion mit ihm abgebrochen hätten. Uns hätten sie dann geschnappt. Und unangenehme Fragen gestellt. Du bist aus jedem Knast der Welt ausgebrochen und wirst überall gesucht, und auch ich hätte Probleme gekriegt. Wie hätte ich denen meine Rolle erklären sollen? Bitte verzeih mir, aber ich musste das allein durchziehen."

„Ist ja schon gut. Vergiss es. Wir müssen den Laden finden."

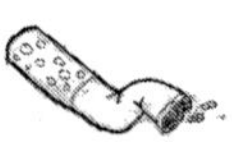

16

Es war ein langer Tag gewesen. Auch der beste Ermittler braucht irgendwann eine Pause, eine Auszeit, um die Akkus wieder zu laden und Energie zu tanken, eine Flasche Rapsöl, eine Megaportion Pommes Bahnschranke, zwei Stunden Teleshopping auf *Neun Live*, egal. Spitzenkräfte haben die Fähigkeit, viele Stunden am Stück durchzuarbeiten, doch auch sie sind einmal am Ende, ausgelaugt, erreichen den Punkt, an dem der Kopf leer ist und der Körper streikt.

Daher hatte Bross seinen Assistenten am Ende des Sonntags nach Hause geschickt.

„Gönn dir Ruhe, Keule", hatte er gesagt. „Du brauchst sie."

„Danke, Chef. Der Tag war anstrengend. Kommen Sie nicht mit?"

„Präzision, Zähigkeit, Disziplin, Selbstlosigkeit, Durchsetzungsvermögen, Zielstrebigkeit und Ausdauer, Keule. Ich ermittle durch. Die Indizienkette schließt sich allmählich. Das duldet keinen Aufschub."

„Na dann. Ich kann nicht mehr. Viel Glück."

Dann war er mit dem Mustang gefahren.

Nun stand Bross allein an der Straße.

„Taxi!", rief er in die Straße hinein.

Ein Taxi fuhr vor. Er stieg ein.

Vor einer Bar setzte der Fahrer ihn ab. *Night Lounge* lautete der Schriftzug, der in grellem Neongrün über der Eingangstür flackerte. Drinnen empfing ihn eine schummrige Melange aus roten, ledernen Clubsofas (die meisten besetzt mit cocktailschlürfenden Pärchen), einer krass beleuchteten Bar mit lederbepolsterten Hockern (auf einem saß eine Frau), und dem seifigen Schleim von Barry Whites *You're the first, you're the last, you're everything*.

„N'Abend, Cowboy", empfing ihn der Mixer hinter der Theke. Er hatte eine ekelhafte Gelfrisur. „Du willst deine nassen Klamotten sicher erst mal loswerden, was? Garderobe hinten links."

„Und was darf's sein?", fragte er, als Bross zurück war. „Feuer?" Bross hatte noch immer eine Zigarette im Mund. Der Mixer hielt ihm die Flamme des Feuerzeugs hin, und Bross führte seine Zigarette hinein. „Hm", sagte der Mixer, als der Erfolg ausblieb, und legte das Feuerzeug irritiert beiseite.

„Ein stilles Mineralwasser", bestellte Bross. Kein Alkohol bei laufenden Ermittlungen. Klar. Barry Whites Stimme modulierte ins Soßige, und die Schwaden dieses Ergusses waberten langsam durch das Innere der Bar.

„Na, Süßer?", sprach ihn jemand an. Es war ein schlanker junger Mann, schick gekleidet, mit einem lila Halstuch. Er schwankte bedenklich, als er mit dem Finger auf Bross zeigte. „Wer bist du denn?", fragte er kehlig, mit schwerer Zunge, und bei dem „du" überschlug sich seine Stimme.

„Ich glaube, du musst nach Hause gehen", sagte Bross und wies die Hand des Mannes zurück.

„Nein, du musst nach Hause gehen", lallte der Mann mit erneut überspringender Stimme und piekste Bross mit seinem einknickenden Zeigefinger auf die Brust. Dann stolperte er, wahrscheinlich über ein Bein des nächsten Hockers, wie Bross in der Rückschau ermittelte, fiel vorwärts in die Arme des Kommissars und schaute zu ihm auf.

„Ich möchte dich küssen", verkündete er, halb stehend, halb hängend, und hickste.

„Ich will nicht."

„Egal. Nur ganz kurz."

„Nein danke", sagte Bross und schob ihn beiseite. Klebrig ergoss sich der Schmelz des Schmusesängers über die Szene.

„Lass gut sein, Thorben", griff nun ein zweiter Mann ähnlichen Aussehens ein und zog ihn mit sich weg.

„Das macht der öfter", sagte die Frau, die an der Bar saß.

Bross schaute sie an.

„Hi", sagte sie. „Ich bin Pamela."

„Bross."

Sie lächelte. „Der hat 'n paar Probleme. Nimm's nicht persönlich."

„Passt schon."

„Du sprichst nicht sehr viel, was?", fragte sie.

Bross antwortete nicht. Der Mixer hatte ihm das bestellte Wasser gebracht. Er trank das Glas leer und stellte es wieder ab. Barry White hatte aufgehört zu wabern. Nun lief ein Country-Song. Eine Bottleneck-Gitarre wimmerte.

„Das ist *Truck Stop*", sagte Bross. *„Das Mädchen …"*

„Trinkst du ein Bier mit?", fragte sie ihn.

Er schaute zu ihr herüber. Sie hatte langes dunkles Haar, das hinten zu einem Zopf zusammengebunden war.

„Nein", sagte er.

17

G – d (?) – g – Pause. G – d (?) – g – Pause. Schmerz. Aua. Dann wieder: G – d (?) – g – Pause. AUA! – Gott sei Dank. Es hat aufgehört. – Denkste: G – d (?? Cis?) – g – Pause. Es war zum Verrücktwerden. Hilfe! Was war das, und was sollte das, jetzt, mitten in der Nacht? Und dann diese Kopfschmerzen! Aua! Autsch!

‚Verdammt', dachte Bross gequält.

Da übte jemand Posaune. Quinte auf und ab. G – d – g. In halben Noten, dann eine Pause. Der obere Ton sollte wohl das eingestrichene d sein, war aber nur mit viel gutem Willen als solches zu identifizieren. Der Weg dorthin war beschwerlich. Und noch mühevoller war der Aufenthalt dort. Wie gesagt, in halben Noten. In ruhigen Halben. Die dauern. Es klang nach Gibbon, im Liebesakt röchelnd. Oder im Todeskampf. Oder wie das Gurgeln des ablaufenden Toilettenspülwassers. Die Tonlage war nicht sonderlich hoch, aber erkennbar weit außerhalb der Reichweite des Spielers.

Bross bewegte sich. *‚Oh, du schwerer Kopf am Morgen'*, kam ihm in den Sinn. Vorsichtig, eben dieser Kopf hatte nämlich noch etwas dagegen, griff er nach links, wo sein Wecker stand. Die Hand griff ins Leere. Da war kein Wecker. Da war noch ein Bett. Und er hatte definitiv kein Doppelbett. *‚… und du liegst im fremden Nest, und du fragst dich voller Sorgen, wo du wohl gewesen bist …'*

Himmel, die Berge. Er war nicht zu Hause! Verflucht, wo war er? Und – warum? Mühsam versuchte er, die Geschehnisse zu rekonstruieren, die ihn hierher geführt hatten, probierte, die losen Enden der einzeln herumbaumelnden Fäden zusammenzuführen. Und das am frühen Morgen. Und mit diesem Brummschädel!

Er erinnerte sich an die Bar, mit dem besoffenen Schwulen, Gott im Himmel. *‚… Und der Zahn an deiner Seite, und ihr Atem schmeckt so schlecht …'*

Da war diese Frau an der Theke gewesen. Pamela.

„Aufstehen, Liebster", sagte sie, als sie jetzt den Raum betrat, und zog die Gardinen auf. „Schöner Tag heute." Sie war nackt. ‚*... Und nun willst du endlich aufstehn, doch das ist ihr gar nicht recht ...*' Verdammt, was singen die denn da, *Willem & Daddy's Group*, er war es, der liegenbleiben wollte, und sie verlangte, dass er aufstand. Die Sonne schien ins Zimmer.

‚*... Lass die Morgensonne endlich untergehn,* Mundharmonika-Riff, *lass die Morgensonne endlich untergehn* ... Oh Mann! ... *Lass die Morgensonne endlich untergehn,* wieder Mundharmonika, *lass die Morgensonne endlich untergehn!*' Er räusperte die Melodie.

‚*... Gestern Abend war sie steiler, und sie goss dir kräftig ein. Da war deine Welt noch heiler, und nun liegst du hier allein ...*' Sie war hinausgegangen. Der Schmerz des grellen Lichts und der Duft von frischem Kaffee ließen ihn etwas klarer werden. An der Theke hatten sie gesessen, und auf einmal hatte er ein Glas Bier vor sich stehen, dann noch eins, und noch eins ... und es lief ein Countrysong von Truck Stop:

Nüchtern und schüchtern ging ich in die Bar
und sah eine Frau, die nach gar nichts aussah.
Weil ich nicht zu ihr ging, kam sie zu mir.
Nun wird sie schöner mit jedem Glas Bier.
Das hässliche Entlein wird langsam zum Schwan.
Die Falten verschwinden, sie lächelt mich an.
Ich seh durch die Blume das Wunder vor mir:
Das Mädchen wird schöner mit jedem Glas Bier.
Und dann: Filmriss. Festplatte gelöscht. Er konnte nur spekulieren.
... Hängengeblieben, vergessen zu gehn.
Wir sitzen am Tresen, und ich trink sie schön.
Sie wird immer jünger und ich langsam blau.
Je später der Abend, desto schöner die Frau.

„Kaffee ist fertig. Kommst du?", rief Pamela aus der Küche. Er stand auf, zog seine Hose und seinen Mantel glatt und setzte den Hut auf. Dann ging er in die Küche und setzte sich an den Tisch, ihr gegenüber. An beiden Plätzen stand ein gekochtes Ei.

‚... *Und sie kocht dir nun den Kaffee, und sie setzt zwei Eier auf ...'* Sie hatte immer noch nichts an außer einem Slip. ‚... Du siehst ihre Brust, die schlaffe, doch das nimmt sie gern in Kauf. Lass die Morgensonne ...'

„Verdammte Sonne am frühen Morgen", knurrte er.

„Es ist Montag, vier Uhr", sagte sie.

„Oh verdammt, so früh!"

„Vier Uhr am Nachmittag."

Er schaute auf seine Armbanduhr. 16.14 Uhr.

„War 'ne lange Nacht. Bist du jetzt wach?", fragte sie lächelnd und goss ihm Kaffee ein. Sie hatte eine weiche Stimme. Er antwortete nicht.

„Ist Bross dein Vor- oder dein Nachname?" Sie schaute ihn lange an und lächelte. „Er gefällt mir." Wie sie in der Bar ausgesehen hatte, wusste er nicht mehr. „Und er passt zu dir." Nun, im Tageslicht, war sie gar nicht unansehnlich, fast sogar ... hübsch. Sie mochte Mitte dreißig sein, vielleicht. Ihr dunkles, langes Haar fiel ihr ins Gesicht, und sie steckte es hinter die Ohren. Er schwieg.

„Es war schön", sagte sie. „Sehr. Du warst so ... ungewöhnlich." Bross nippte an seinem Kaffee und drehte sich um. Eine Tür der Küche führte ins Schlafzimmer, eine zweite offenbar ins Bad. Die Wohnung schien nur aus diesen zwei Räumen zu bestehen. Ein Miet-Appartement vielleicht. Sicher wohnte sie allein.

„Warum hast du dich wieder angezogen, nachdem wir miteinander geschlafen haben? Schuhe, Hose, Mantel, alles?"

„Wer bist du?", fragte er sie statt einer Antwort.

„Ja ... wer bin ich ..." Sie zögerte.

„Du heißt Pamela."

„Ja. Ich bin nicht so, wie du vielleicht denkst. Und ich bin nicht die, für die du mich halten magst. Ich ..."

Er sah sie an.

„Ich bin diese und ich bin jene", sagte sie nach einer Pause. „Ich weiß nicht, wie ich dir das erklären soll. Es ist kompliziert."

„Manchmal sind die Dinge ganz einfach, auch wenn sie kompliziert erscheinen", sagte er.

„Ja", antwortete sie. Dann schwiegen sie beide.

„Ich möchte, dass du etwas weißt", begann sie erneut. „Ich ..." Ach herrje! ‚... *Und nun quatscht sie was von Liebe, und wie schön 'ne Hochzeit sei. Deine Uhr, die zeigt halb sieben* – halb fünf! –, *doch das ist ihr einerlei. Sie verrät, sie heißt Irene* – Pamela! – *und hätt' gern 'nen Mann bei sich, und sie hätt' grad 'ne Glückssträhne, doch am liebsten hätt' sie dich! Lass die Morgensonne ...*'

Er stand auf, trank den Kaffee aus, steckte das Ei ein und ging. Der Posaunist hatte aufgehört, endlich. Irgendjemand hatte da Erbarmen mit ihm und den Bewohnern des Hauses. Oder ihn umgebracht. Die weitaus wahrscheinlichere Variante. Und die wünschenswerteste. Aber die Ermittlungen würde er, Bross, nicht übernehmen. Wer war er denn!

Er öffnete die Tür, dann schaute er zurück. Pamela war aufgestanden und ihm zur Tür gefolgt. Ihre Blicke begegneten sich, hingen aneinander fest. Eine Ewigkeit. Schließlich warf er die Tür hinter sich zu, wollte es, aber sie fing sie auf, was er nicht mehr bemerkte, denn er war schon auf dem Weg. Eine Weile blieb sie noch dort stehen, an den Rahmen gelehnt, und schaute ihm nach.

„... liebe dich", sagte sie leise, aber fest ins Treppenhaus hinein.

18

„Sie haben WAS?“, brüllte der gelackte Gecko, sprang aus dem Sessel auf und stützte sich auf seinen Schreibtisch.

„Ich …“, stammelte Hanewinkel, „… ich wollte …“

„WAS wollten Sie?“, brüllte der Gelackte. Das Gel in seinen Haaren begann, sich in Knötchen aufzulösen. Der Kragenknopf des rosa Gucci-Hemdes war längst geplatzt und mit ihm der Krawattenknoten.

„Ich weiß, es war ein Fehler. Und es wird nicht wieder vorkommen, nie wieder, glauben Sie mir! Sie müssen mir das glauben! Aber der Mann tat mir leid. Er hat Familie, wissen Sie? Sieben Kinder und eine Frau ohne Zähne. Ich weiß, wie das ist. Ich habe auch Familie, wissen Sie?“

„Wissen Sie, wissen Sie!“, brüllte der gelackte und gelierte Gecko im Gucci-Hemd, Verkaufsleiter eines der größten Autohäuser des Landes. „Wissen Sie WAS, Sie Familienmensch? Sie sind ENTLASSEN!“

19

„Sieht nach Regen aus“, sagte Kief zu seinem Gast, der mit einem kleinen Pils vor sich an der Theke saß. Der Gast war ein kräftiger Mann, kahlköpfig und mit einem Muskelshirt bekleidet. Brust und Arme waren voller farbiger Tätowierungen. Er nahm einen Schluck Bier, und nach einer Pause sagte er: „Schmeckt auch so.“

Ohne aufzuschauen setzte Kief seine Tätigkeit fort, Gläser zu spülen und sorgsam abzutrocknen. Wenn sich abends, vor allem an den Wochenenden, die Kneipe füllte, reichte die Zeit meist nur dazu, ein Glas kurz auf die Bürste im Wasserbecken zu stülpen, bevor es wieder gebraucht wurde. Nun, an einem normalen Nachmittag, war noch nicht viel los hier; Gelegenheit, das Spülwasser vom Wochenende zu erneuern und alle Gläser auf Hochglanz zu polieren.

Ein, zwei Stammgäste kamen vorbei, und hin und wieder schneite jemand herein, in der Regel ein Fremder, der eine Currywurst bestellte oder eine Frikadelle. Die Einheimischen machten um diese Genüsse eher einen Bogen; vor allem die Frikadellen, die in einer Klarsichtbox auf der Theke ihr kümmerliches Dasein fristeten, waren gefürchtet. Wenn ein Bekannter doch einmal versehentlich den Deckel der Box öffnete, legte Kief in der Regel seine Hand auf die des Gastes und murmelte beruhigend: „Lass stecken.“

Fremde und Touristen verbuchten das kulinarische Erlebnis dann unter „Muss man mal gehabt haben“ oder „Man kann nicht von dieser Erde abtreten, ohne auch diese Seite des Lebens kennengelernt zu haben“, bedankten sich eilig beim Wirt für die Erfahrung und suchten baldmöglichst das Weite.

Tatsache war, dass Kief durch einen langfristigen Knebelvertrag an einen Fleischlieferanten gebunden war, der ihn vor

Jahren nach einer üblen Saufnacht mit *Paderborner Pilsener*, auch als „Schädelbräu“ bekannt, gelinkt und sturzbesoffen zur Unterschrift gezwungen hatte.

Zum Glück waren die Speisen aus Kiefs Eigenproduktion richtig lecker, vor allem seit er einen jungen Koch eingestellt hatte.

„Und sonst?“, fragte Kief nach einer Weile, die abgetrockneten Gläser ins Regal einräumend.

„Muss ja, ne?“, antwortete der Gast, dann schwieg er wieder. Er hielt das Kinn in beide Hände gestützt und schaute abwesend geradeaus ins Leere. Sein halbleeres Pils hatte er nun schon eine Viertelstunde lang nicht angerührt. Längst hatte es die Raumtemperatur erreicht und schickte sich an, dieselbige zu überschreiten.

Das Nichts hatte Einzug gehalten in die Szene. Die Konversation hatte die nonverbale Ebene erreicht, der Gast saß unbewegt auf seinem Hocker, und Kief putzte und ordnete in abgeklärter Gleichförmigkeit seinen Thekenbereich.

Die Zeit stand still.

Ein Montagnachmittag, nicht ganz 17 Uhr.

Die Kneipentür stand offen.

Ein leichter Wind blies in die Gaststube.

Er wehte ein paar vereinzelte gelbe Blätter von der nahen Platane herein.

Und einen Geruch.

Nach Männerparfüm, Tabak, Essig, Bahnhofsklo.

Und Ziege.

Kief drehte sich zur Tür um, der tätowierte Gast tat es ihm gleich.

Spannung baute sich auf.

Dann stand er in der Tür.

Hakennase.

Einem plötzlichen Impuls folgend bewegte Hakennase sich mit einer unglaublichen Schrittlänge auf die Theke zu. „Klack, klack, klack“, klangen seine Stiefelabsätze auf dem Fliesenboden des

Raumes. Drei Schritte, dann stand er am Tresen.

„Tach", murmelte Kief. „Wie kann ich helfen?" Seit dem ersten Augenblick von Hakennases Erscheinen bestand für Kief kein Zweifel, um wen es sich handeln musste und was er nun zu tun hatte.

Statt einer Antwort legte Hakennase seinen Unterarm in voller Länge auf den Tresen und blickte sich um. Seine paranussförmigen Nasenlöcher blähten sich, als er einatmete. Das Shirt des Gastes flatterte in dem Sog.

„Ey, was soll denn das?", sprach der ihn an. „Und was glotzt du so?"

Im Gehirn eines Menschen vollzieht sich das Umsetzen eines Entschlusses in kinetische Energie sozusagen im Handumdrehen. Betrachter wie Ausführender nehmen keine Zeitdifferenz wahr. Verglichen aber mit dem Herausschießen der Zunge eines Chamäleons, das ein Insekt schnappt, geht die menschliche Handlung bestenfalls als Schneckentempo durch. In einem blitzartigen Akt, gegen den die Geschwindigkeit der insektenjagenden Zunge eines Chamäleons eine Superzeitlupe darstellte, schnellte die Rechte Hakennases vor und lag bereits auf der Schulter des Gastes, festgekrallt, wie in einem Ziegenfell.

„Wie heißt du, du Milchgesicht?", zischte er.

Der Gast erschauderte bis ins Mark. Sein Blick wurde starr

„Schulze", antwortete er mechanisch.

„Weißt du was", – Pause – „Schulze?" Das beißende Doppelzischeln des Namens fraß sich gefährlich in die Ohren des Angesprochenen.

„Nein." Er gefror. Der Ziegengeruch wurde unerträglich.

„Verpiss dich."

Schulze schlotterte, kroch linkisch vom Stuhl, stolperte noch über einen Bierdeckel, der auf dem Boden lag und verschwand durch die immer noch offene Tür. Er war fix und fertig.

„Moin", sagte eine verschlafene Stimme, die von der Küchentür kam. Dort stand ein junger Mann, Anfang zwanzig, von eher kleinem Wuchs, mit umgebundener Schürze. „Ich bin jetzt mal da. Soll ich schon mal was machen? *Shepherd's Pie*?" Er trug eine kleine, rechteckige Brille, die schief saß, am Kinn spross eine Art Gewölle, und seine Frisur sah aus wie ein Vogelnest in der Endphase seiner Erbauung, aber noch eindeutig vor Abschluss der Feinarbeiten. Wahrscheinlich war er eben erst aus dem Bett aufgestanden.

„Ist gut, Kilian", antwortete Kief. „Fang an."

„Okay, Chef", sagte Kilian und schlurfte in die Küche.

„Mein Koch", erklärte Kief. „Ein richtig guter Mann."

„Na dann", brummte Hakennase, öffnete die Klarsichtbox, nahm eine Frikadelle heraus und biss hinein. Schon nach kurzer Zeit ließ das Tempo seiner Kaubewegungen merklich nach. Dafür öffneten sich seine Augen, und das natürliche Grau im Grüngrau seiner Gesichtsfarbe wich völlig; zurück blieb ein blässliches Grün. Sein Schildkrötenhals vibrierte.

Er versuchte zu schlucken, aber es gelang ihm nicht. Stattdessen hielt er den Atem an und biss erneut ab. Die Ereignisse wiederholten sich – in gesteigerter Intensität.

„Mit 'n bisschen Hühnerscheiße geht das besser", sagte Kief und drückte ungefragt eine ordentliche Menge gelblichen Senfs aus einer vergammelten Tube auf die Frikadelle. Hakennase warf einen Blick auf die unförmige Delikatesse in seiner Hand. Sein Mund war voll, und gekaut hatte er bisher kaum, so dass er auch unfähig war, den Brei herunterzuschlucken. Ein Teufelskreis.

„Hey, Kief!", rief eine heisere Stimme aus Richtung der Tür. Dort war ein schmuddeliger Mann eingetreten. Seine gebeugte Statur war in braune Lumpen gekleidet, und dünne Barthaare hingen wirr in seinem wettergegerbten Gesicht herum.

„Jetzt nicht, Pulle", wehrte Kief ab. „Komm nachher wieder, dann hab' ich auch was für dich."

„Wie, nichts Leckeres zu beißen da?"

„Hier", sagte Hakennase und prustete dabei die breiige Masse aus. Er reichte ihm den Rest der Frikadelle.

Pulle schaute an Hakennase hoch, und für einen Moment hing sein Blick an dessen Gesicht fest. Dann schnappte er sich die Frikadelle, rief „Danke, Sir!", schob sich das gelbbraune amorphe Etwas gierig in den Mund und war flugs wieder verschwunden.

„Muss man auch mal gegessen haben", zischte Hakennase, nachdem er den klebrigen Brei mit ein paar Papiertüchern von seinem Mantel entfernt hatte.

„Zweizwanzig", nuschelte Kief und nahm die Tücher entgegen. „War's das?"

„Nicht ganz." Hakennase legte das Geld auf die Theke. „Sagen Sie mal, Sie kennen sich doch hier aus."

„Und?"

„Gibt es hier in der Stadt Läden, wo man alten Kram kaufen kann, so antiquarisches Zeug?"

„Sie meinen Möbel, Bilder oder so?"

„Eigentlich eher Schallplatten."

„CDs?"

„Nein, LPs und Singles."

„Hm", überlegte Kief. „Schwierig. Der letzte CD-Laden hat voriges Jahr zugemacht. Das lohnte sich nicht mehr. Das Internet macht ja alles kaputt. Die hatten immer noch ein paar Platten, auch noch Vinyl, für DJs. Nee, da müssten Sie es schon mal bei normalen Antiquitätenhändlern versuchen. Manchmal haben die ja was aus Nachlässen."

„Habe gehört, es soll hier einen speziellen Laden geben, der eigentlich anderen Plunder verkauft und eben auch alte Platten, Liebhaberstücke, was weiß ich."

Kief zuckte mit den Schultern. „Tja, tut mir leid. Vielleicht fragen Sie mal in der Stadt."

„Ja ... vielleicht ..." Hakennase erhob sich in einer fließenden Bewegung. „Ich komme wieder", flüsterte er beim Hinausgehen. Er versuchte, gefährlich zu zischeln, doch bei der Lautfolge ging das ja nicht. Deswegen sprach er leise, dafür aber um so durchdringender.

Er war kaum aus der Tür, da wurde draußen auf der Straße ein Motor angelassen. Kief sprang zum Fenster und spähte durch die Gardine hinaus. Sein seltsamer Gast stieg in ein Auto ein, auf der Beifahrerseite. Der Fahrer war nicht zu erkennen. Dann gab Hakennase offenbar mit der Hand ein Zeichen, und der Wagen fuhr los.

„Kief?“ Eine verschlafene Frisur mit passendem Gesicht darunter lugte aus der Küche.

„Ja? Bist du fertig?“

„Nö. Wer war'n das? Sag mal, was stinkt'n das hier so?“

„Ich muss telefonieren“, murmelte Kief und ging zurück zum Tresen.

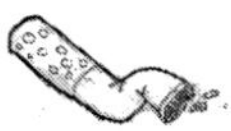

20

Montag, 17.02 Uhr

Mit letzter Kraft schleppte sich Bross zu seinem Bett. Sein Mund war trocken und sein Kopf schmerzte und fühlte sich an, als stecke er in einer zu engen Taucherglocke. Dann ließ er sich auf den Rücken fallen und schlief ein.

„Ruhe!", schrie eine Krähenstimme aus dem Erdgeschoss durch das Treppenhaus. Aber das hörte er schon nicht mehr.

Montag, 17.12 Uhr

Knack. „Hier spricht der automatische Anrufbeantworter von Kommissar Bross. Immer im Dienst, immer im Auftrag. Sie haben diesen verdammten Anschluss gewählt, weil Sie ein verdammt schwieriges Anliegen haben, welches Sie verdammt noch mal nicht ohne mich lösen können. Damit eins von vornherein klar ist: Hier stelle ich die Fragen. Und ich habe genau zwei: Wer sind Sie und was wollen Sie?"

Piep. „Kief hier. Meine Güte, kannst du den Text nicht 'n bisschen kürzer fassen? In der Zeit hab' ich zehn Frikadellen verkauft. Na, egal. Es gibt Neuigkeiten. Deine Hakennase war hier. Komm vorbei, sobald es geht."

21

Die orange-braunen, groß ornamentierten Originalvorhänge öffneten sich, und das Licht des frühen Morgens fiel in den im Stil der 70er Jahre gehaltenen Friseursalon. Bis zur Öffnung um 7.30 Uhr und zum Eintreffen der ersten Kunden war noch etwas Zeit. Herr Menne, der Inhaber des Salons, den er gemeinsam mit seiner Frau betrieb, steckte die Vorhänge in die dafür vorgesehenen Halterungen an beiden Seiten des Fensters und blickte hinaus auf die Straße, während er sich über das Haar strich, das seit einiger Zeit im Nacken etwas länger fiel. Eigentlich war sein Haar, beziehungsweise das, was von ihm übriggeblieben war, spärlich, glatt und weiß, doch dank der hingebungsvollen Bemühungen seiner Frau erschien es in erstaunlicher Fülle, schwarz und wellig.

Manchmal dachte er sehnsüchtig an seinen vollen dunklen Schopf zurück, den er als junger Mann gehabt hatte. Damals betrachtete er sich oft im Spiegel und sah das Bild eines Sportwagens, eines kaum zu zügelnden Lamborghini. Ab Mitte zwanzig etwa begann sich das Dach dieses Wagens zunehmend zu lichten, und mit der Zeit verwandelte sich die feurige Rasse des Lamborghini in die betuliche Tristesse eines Fiat Punto Cabrio – mit offenem Verdeck.

Nun, im, sagen wir, vorgerückten Alter, sah sich selbst seine Frau in ihrer Kunstfertigkeit außerstande, Verlorenes wiederherzustellen. Ersatzweise arrangierte sie die obere Haarreihe der rechten Seite, die er auf ihr Anraten hin lang trug, unter Aufbietung nicht unerheblicher Mengen Pomade, in streng paralleler Linienführung quer über den Kopf auf die linke Seite herüber. Dem unvoreingenommenen Beobachter bot sich weniger das Bild von Fülle, eher von zählbarer Singularität der solchermaßen gelegten Exemplare; in Herrn Mennes Eigenwahrnehmung jedoch war die Rückkehr eines gewissen jugendlichen Glanzes nicht von der Hand zu weisen.

Frau Menne war ungarischer Abstammung, groß und spindeldürr. Ihr kastanienbraun gefärbtes, in bizarren Formen toupiertes Haar saß beim Ladenschluss um 17.30 Uhr noch genauso präzise wie nach dem Frühstück. Für die eigentlich dünne Struktur der einzelnen Haare besaß die Frisur eine außerordentliche Spannkraft. Frau Menne mochte Ilonka heißen oder Marika oder Dorina. Niemand wusste es jedoch genau, und ihr Mann rief sie „Darling", häufig und besonders gern auch vor den Kunden – die er „Klienten" betitelte –, denn er liebte seine Frau, und die Kunden sollten es wissen.

In Liebesnächten, denen sich das Ehepaar – in angemessener Form – auch weiter hingab, pflegte das kunstvolle Arrangement auf dem Haupte des Herrn Menne verständlicherweise ein wenig zu verrutschen und ihm ein leicht derangiertes, der Erotik des Augenblicks abträgliches Aussehen zu verleihen, was seine Gemahlin stets klug voraussah und sich ersparte, indem sie ihn und die gesamte Szenerie rechtzeitig mit dem gnädigen Mantel des ausgeschalteten Lichts umhüllte. Die am nächsten Tage erforderliche Korrektur verhalf beiden zu einem ausgefüllten Morgen, und der Zeitpunkt ihrer Beendigung ließ ihr noch genügend Raum für die Vorbereitung des Mittagessens.

Das Wochenende einschließlich des freien Montags verbrachte das Paar regelmäßig in einem kleinen Wochenendhaus an einem Baggersee, von wo sie erst spät abends zurückkehrten. In der Nacht zum Dienstag versagte sich das Paar allerdings jegliche Form der schlafraubenden Aktivität, denn am nächsten Morgen stand der erste Arbeitstag der Woche an. Frühmorgens bestand Herrn Mennes vordringliche Pflicht darin, vor dem Frühstück im Salon schon einmal nach dem Rechten zu sehen, die Vorhänge zu öffnen, zu lüften und sein Handwerkszeug bereitzulegen. Menne war Träger der *Goldenen Schere*, eines durchaus renommierten Preises für Handwerkskunst, jedenfalls nach seiner Darstellung.

Allerdings wurde ihm vor Jahren von einer Fachzeitschrift auch das *Rostige Rasiermesser* verliehen, in Kennerkreisen hinter vorgehaltener Hand auch mit *Rasiermesser des Grauens* betitelt, eine Art silberner Zitrone des Friseurhandwerks; diesen Umstand enthielt er seinen Kunden dann doch lieber vor und überließ dessen Aufdeckung der Findigkeit ihrer Recherche. Mit anderen Worten: Er war ein Mann mit Künstlerattitüde, ein ebenso guter Friseur wie erbärmlicher Rasierer, und ein Mann von zweifelhaftem Humor. Dieser vermochte seine Attraktivität bei seiner vorwiegend älteren weiblichen Kundenschar sehr zu steigern. Nur die Eltern der Kinder, die ihn aufsuchten, verfolgten deren Berichte über Herrn Mennes Witzchen mit einigem Argwohn.

Dieses Morgenritual des Lüftens und Bereitlegens war stets ein glücklicher Moment der Verbindung des Geschäftlichen mit dem Privaten im Leben des Herrn Menne. Bevor er später in seine etwas halbseiden anmutende Berufskleidung umstieg, gönnte er sich einen stillen Augenblick im Laden, in dem er noch seinen Morgenrock trug, auf Wunsch seiner Frau übrigens offen – ein Ansinnen, dem er im Bewusstsein einer ungebrochenen Männlichkeit gern nachgab. Gern auch betrat er bei der Rückkehr zum Frühstück die Küche etwas zügiger, mit wehenden, nach hinten schlagenden Rockschößen.

Darauf musste Frau Menne an diesem Morgen allerdings warten und, wie sich schnell herausstellte, ganz verzichten, denn Herrn Mennes Entdeckung in seinem Frisiersessel ließ die Lust des Posierens in ihm vergehen. Dort saß, nein, lag, nein, hing ein Mann, seitlich aus dem Sessel herausgelehnt, der sich bei näherem Hinsehen als nur allzu tot erwies. Mausetot.

Wie ein enthauptetes Hühnchen klang Mennes Schrei, mit dem er in die Küche stürzte. Wehklagend fuchtelte er dort mit Armen und Beinen vor seiner Gattin herum und erinnerte auch in seinen Bewegungen an das Federvieh im Todeskampf, bis sie verstand und in das Lamentieren und Fuchteln einfiel.

Nur wenige Minuten später traf die Kriminalpolizei am Tatort ein. Sie war von den Nachbarn alarmiert worden, die das Gezeter und Gefuchtel bemerkt hatten und wussten, dass etwas Schreckliches passiert sein musste.

„Der Mann ist tot!", hechelte Menne, als er die Beamten in den Salon führte. Er war hoffnungslos überfordert. Eine Leiche im Frisiersessel, im innersten Heiligtum seines Herrensalons! Dort, wo er den Männern der Stadt all das zurückgab, was sie an sich längst verloren glaubten. Wo er Mode machte, Stile kreierte, Selbstbewusstsein stärkte, Ehen rettete. Er, Coiffeur, Künstler, Philosoph, Komiker, Informationskatalysator, Psychotherapeut, mit einem Wort: Gesamtkunstwerk.

„Der Mann ist tot!", hörte er nicht auf zu hecheln. Seine Stimme überschlug sich immer weiter in ein heiseres Gefistel.

„Ist ja gut", sagte ein bulliger, glatzköpfiger Beamter im Anzug. „Das sehen wir selbst."

Er nahm die Leiche kurz in Augenschein. Offenbar war der Mann erschossen worden. Die Kugel musste einigermaßen genau im Herz gelandet sein. ‚Professionelle Arbeit', dachte er. Auffällig war auch eine Verletzung am rechten Nasenloch. Doch Genaues musste der Gerichtsmediziner klären.

„Gestatten, Oberinspektor Kodeck, Kripo, Mordkommission", stellte der Polizist sich vor. „Und das" – er zeigte auf seinen Mitarbeiter – „ist mein Kollege Rostav. Wann haben Sie die Leiche entdeckt?"

„Gerade, eben, was weiß ich, ich meine, also was ist denn das für eine Frage?", fistelte Menne. „Der – der liegt in meinem Sessel! Ein Toter!"

„Nun beruhigen Sie sich mal. Sie sind ja ganz heiser", sagte Kodeck mit einer beeindruckenden Reibeisenstimme, die an John Wayne erinnerte und Menne vorerst verstummen ließ. „Und machen Sie das da zu."

Menne verstand nicht. „Ich soll was?"

„Zumachen. Ihren Morgenrock."

„Ja, aber – wieso …?“

Wortlos deutete Kodeck auf die Blöße in der Körpermitte des frisierenden Philosophen.

„Was? Wie? Oh …“, nestelte Menne umständlich an dem Kleidungsstück herum, dann hatte er es geschlossen. „Das ist mir jetzt doch unangenehm.“

„Kommt vor“, entgegnete Kodeck kühl. „Hab' schon Schlimmeres gesehen. Bitte lassen Sie uns jetzt unsere Arbeit machen. – Ist der Doc noch nicht da?“, brüllte er nach hinten, wo seine Kollegen in ehrfürchtigem Abstand auf eine Order warteten.

„Unterwegs“, antwortete einer. „Mit der KTU.“

Kodeck wandte sich wieder dem Tatort zu. „Seltsam“, sagte er zu Rostav. „Der Mann wurde höchstwahrscheinlich aus nächster Nähe erschossen. Die Schmauchspuren erkennt sogar ein Laie. Auf der Körperrückseite ist auch Blut. Durchschuss, wie es aussieht. Aber in dem Stuhl ist nichts von einem Schaden zu sehen, der von einem Geschoss herrühren könnte. Hm.“

„Vielleicht wurde unser Mann gar nicht im Stuhl ermordet, sondern nur nach der Tat hineingesetzt“, bemerkte Rostav.

„Das ist scharf beobachtet“, erwiderte Kodeck.

„Hier, auf der anderen Seite des Stuhls, ist eine Blutlache. Und Spritzer. Sieht ganz so aus, als hätte unser Mann neben dem Stuhl gestanden, als der Schuss fiel. Und anschließend hat man ihn in den Stuhl gelegt. Eine Inszenierung.“

„Guter Mann, Rostav“, sagte Kodeck.

„Moin! Sorry, bin aufgehalten worden! Der Verkehr“, rief eine Tenorstimme, und der dazugehörige Mann, Pykniker, Anfang vierzig, Brille, Halbglatze, eilte herein. Er trug zwei silberne Alukoffer und war reichlich außer Atem.

„Morgen, Doc“, reibeisente Kodeck. „So, aufgehalten worden? Der Verkehr, ja? Ich verstehe. Wohl etwas außer Atem, was?“

„Sparen Sie sich Ihre ironischen Anspielungen." Er stellte seine Koffer ab und nestelte an seiner Hose.

„Kommen wir zur Sache. Der Mann ist tot."

„Das seh' ich selbst", antwortete der Doc.

„Aber der Fundort scheint nicht der Tatort zu sein", warf Rostav ein. „Sehen Sie." Er wies den Doc in die aktuelle Lage ein.

„Okay", sagte der. „Dann lassen Sie mich mal meinen Job machen."

Das Opfer war ein Mann mittleren Alters von untersetzter Figur. Auffällig war sein Gesicht. Seine vollen Wangen waren von Linien durchzogen, als seien sie durch Bindfäden unterteilt. Vor allem die linke war ungewöhnlich wegen ihrer Fülle und der Naht, die sich mittendurch zog. Der Tod war zwei Tage zuvor eingetreten, schätzungsweise zwischen 17 und 19 Uhr. Glatter Durchschuss. Die Kugel war in die Regalwand seitlich des Stuhles eingeschlagen und hatte Mennes Pokalsammlung empfindlich beschädigt. Der Tote hatte also neben dem Sessel gestanden, als der Schuss auf ihn abgefeuert wurde. Niemand hatte den Schuss gehört, ein Indiz, dass ein Schalldämpfer benutzt worden war.

Der Doc leerte die Jacken- und Hosentaschen des Ermordeten und reichte die Sachen an Kodeck weiter. Einen Pass oder dergleichen fand er nicht, dafür im Portemonnaie aber einen anderen Ausweis. Kodeck schreckte auf, als er ihn sich ansah, und pfiff durch die Zähne.

„Rostav, hier scheint ein Riesending gelaufen zu sein oder noch zu laufen. Schau mal."

Rostav nahm den Ausweis und las.

„Pensen. Sonderermittler. Ach du Scheiße."

„Du sagst es. Sieht ganz so aus, als wäre er verdeckt unterwegs gewesen und seine Tarnung aufgeflogen. Schätze, die Geschichte ist eine Nummer zu groß für uns. Wir müssen Dezernat 12 informieren."

„Übernehme ich", sagte Rostav.

22

„Wo ist Kodeck?“, fragte Bross, als er den Friseurladen betrat. Sein Mantel war nass, und aus der Hutkrempe rann Wasser. Ein Raunen erhob sich unter den anwesenden Beamten.

„Hier hinten“, reibeisente Kodeck aus dem Hintergrund, wo sich der Herrensalon befand. „Die Leiche ist auch hier.“

Er reichte Bross die Hand. „Hi, Kollege. Ich bin der Ritchie. Und wer bist du?“

„Bross. Kommissar Bross“, sagte Bross, die ausgestreckte Hand ignorierend, und die nordsibirische Kälte dieser Äußerung ließ den Inspektor am Platz gefrieren. Bross nahm die weich gewordene Zigarette aus dem Mund und zerbröselte sie langsam zwischen den Fingern.

„Wer leitet hier die Ermittlungen?“

„Ich“, antwortete Kodeck kleinlaut.

„Falsch. Ich leite die Ermittlungen“, sagte Bross und zog den Lolli aus Kodecks Mund. „Dezernat 12. Warum habe ich noch keine Informationen zum Fall? Wer hat den Mann umgebracht?“

„Wir – – –“, begann Kodeck. Weiter kam er nicht.

„Aha, da liegt er ja“, unterbrach ihn Bross. „Machen Sie mal Platz, Doc“, wies er den Mediziner zur Seite. „Hm. Üble Sache. Ich seh' schon. Aufgeschlitztes Nasenloch. Da hat jemand einen Pistolenlauf hineingeschoben und dann herausgerissen. Fast aufgesetzter Schuss. Wurde neben dem Stuhl abgeknallt, dann hineingelegt. Warum auch immer. Kugel ging da ins Regal. Habt ihr die schon rausgeholt und zur Untersuchung gegeben? Meine Güte. Habe ich denn hier nur mit Amateuren zu tun? Die Tatwaffe könnte ein gängiges Kaliber sein. Wo ist der Ladeninhaber?“

„Hole ihn, sofort“, rief Rostav und eilte dienstfertig nach hinten, um der alles einsaugenden Aura des Ermittlers zu entgehen.

„Doc, wie lange ist der Mann schon tot?", fragte Bross.

„Lässt sich noch nicht ganz genau sagen. Vierzig Stunden vielleicht."

„Das bedeutet, der Täter muss noch hier in der Nähe sein. Alle mal ruhig!", kommandierte Bross. Er zog seine Pistole, nahm sie in den Anschlag und brüllte in die Leere des Salons hinein: „Kommen Sie raus! Sie sind umstellt!" Für eine Ewigkeit, wie es schien, war kein Laut zu hören. Niemand regte sich. Dann, endlich, löste Bross seine Körperspannung, pustete einmal kurz über die Mündung des Pistolenlaufs und steckte die Waffe ein. Er wandte sich den staunenden Beamten zu. „Das wird ihm nichts nützen."

Inzwischen war Rostav mit dem nunmehr angekleideten Meister zurückgekehrt. Für das Schließen des Cabrioverdecks allerdings war leider nicht genügend Zeit geblieben.

„Wer sind Sie?", fragte ihn Bross.

„Ich bin der Inhaber die – – –"

„Halten Sie keine Volksreden. Meine Zeit ist knapp. Der Täter hat einen Vorsprung. Möglicherweise ist er schon über alle Berge. Und selbst dann entginge er mir nicht. Jedenfalls gibt es keine Sekunde zu verlieren. Und Sie kommen mir hier mit Vorträgen. Ich bevorzuge kurze, konzise Beiträge. Nehmen Sie sich ein Beispiel an mir. Und hören Sie auf zu fisteln und zu fuchteln. Sie machen einen ja ganz nervös. Als Ermittler in diesem Fall brauche ich vor allem eines: Konzentration. Also: Name?"

„Menne. Bernwa – – –"

„Das genügt. Haben Sie ihn umgebracht?"

„W-was? Nein! Wie – – –"

„Der war's nicht", sagte Bross zu Kodeck, der tief beeindruckt danebenstand. „Schaffen Sie ihn fort."

Kodeck schob das fuchtelnde und fistelnde Gesamtkunstwerk aus dem Raum.

Bross winkte Rostav zu sich her.

„Wie heißen Sie?"

„Rostav."

„Komischer Name."

„Balkanesischer Ursprung", sagte Rostav. „Meine Mutter und mein Vater waren bulgarische Gewichtheberinnen."

Bross zog seinen Mantel aus, setzte den Hut ab und drückte die Sachen Rostav in die Hand. „Hängen Sie das auf."

Rostav gehorchte.

Dann zog Bross sein Handy aus der Tasche und drückte eine Taste. Besetzt. Er fühlte seine Energie schwinden.

Kodeck kam zurück und auf ihn zu. „Herr Bross …"

„Warten Sie", versetzte Bross. „Dort hinten." Er wies ihm eine Ecke des Raumes zu. Dann stellte er sich gerade hin, blickte in die Ferne, setzte einen Fuß bedächtig nach links und hob langsam beide Arme mit nach unten hängenden Fingern vor dem Körper. Als die Arme eine Position etwa in Schulterhöhe erreicht hatten, knickte er die Handgelenke sanft nach oben und zog die Arme allmählich an den Körper heran, schob die Hände nach unten bis in Hüfthöhe und begann von vorn. Ein ruhig gleitender, ästhetischer Bewegungsfluss ergab sich. Bross atmete ein, wenn er die Arme hob, und aus, wenn er sie senkte.

„Sagen Sie, was machen Sie denn da?", fragte Kodeck aus der Raumecke heraus, als Bross bei der fünften Wiederholung angelangt war.

„Atemregulation. Wecke das Qi", raunzte Bross. „Lassen Sie mich in Ruhe."

Er fuhr fort. Bedächtig schwebten seine Arme auf und ab, sein Blick war unverändert in die Ferne gerichtet. Nach der achten Wiederholung schließlich zog er den linken Fuß wieder zurück, legte beide Hände auf dem Unterbauch zusammen und blieb einen Moment unbewegt stehen, bevor er sich wieder rührte.

Kodeck war fassungslos, ebenso wie die anderen.

„Qi Gong", sagte Bross. „Ihre Anwesenheit entzieht mir Energie. Aber davon verstehen Sie nichts."

Er drückte erneut eine Taste auf seinem Telefon, diesmal mit Erfolg, und hob das Handy an sein Ohr.

„Hier Dezernat 12", meldete sich der Angerufene. „Was gibt's, Bross?"

„Sagt mal, ihr Spaßvögel da hinter euren Schreibtischen, warum schickt ihr mich verdammt noch mal hierher? Für einen schlichten Mord? Ihr wisst, ich habe einen anderen Auftrag. Da kann ich mich nicht mit so einem Kinderkram abgeben. Und wer zum Teufel ist Pensen?"

„Pensen war verdeckter Ermittler bei Hakennase. Und zwar – – –"

„Was? Und wieso habt ihr mir das vorhin nicht gesagt? Ich denke, euer Ermittler heißt Smith!"

„Du hast uns ja nicht zu Wort kommen lassen und sofort aufgelegt."

„Ich kann so nicht arbeiten", sagte Bross. „Als Ermittler von meinem Status brauche ich grundsätzlich alle Informationen, und zwar sofort. So jedenfalls kann ich nicht arbeiten."

„Hast ja recht. Sorry. Kommt nicht wieder vor, ehrlich. Jetzt beruhige dich wieder. Also: Pensen war nicht unser Mann. Wir wussten gar nicht, dass er an Hakennase dran war. Er war vom BKA auf ihn angesetzt worden, schon bevor Hakennase in Kassel-Calden einreiste. Aber das war ohne Abstimmung mit uns geschehen. Mal wieder einer dieser typischen Einzelgänge, wo eine Behörde nichts von dem weiß, was die andere tut. Das ist Bürokratie, das ist Deutschland. Man behindert sich gegenseitig. Erst vor kurzem hat Smith uns von ihm berichtet. Aber erzähl mal, was hast du rausgekriegt?"

„Pensen wurde erschossen", antwortete Bross. „Seltsam. Die Tat passt nicht zu Hakennase. Das wäre sein erster Mord auf diese Weise. Er sprengt Dörfer in die Luft, lässt Fußballmannschaften in der Wüste verhungern, versenkt Kreuzfahrtschiffe, aber jemanden erschießen? Das ist nicht sein Stil."

„Kann doch sein, dass er Pensen enttarnt und ihn dann hingerichtet hat."

„Und euer Mann hat das nicht verhindert? Ein Polizist, der einen

Mord zulässt? Was ist denn das für ein Laden hier?"

„Unser Mann? Wieso unser Mann? – Hör mal, Bross, wir machen hier auch nur unseren Job!"

„Ja. Aber nicht gut."

„Bross, bitte. Hör doch …"

Bross unterbrach seinen Gesprächspartner unwirsch: „Wenn es tatsächlich Hakennase war, hat er damit endgültig verloren. Jetzt habe ich ihn. Ich muss los."

„Da ist noch etwas, das du wissen musst, Bross …"

Doch Bross hatte schon aufgelegt.

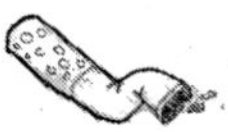

23

Dienstag, 10.32 Uhr

„Hey, Sir!"

„Was willst du? Verschwinde, du Penner!"

„Sir, hören Sie!"

„Du stinkst. Hau ab!"

„Für 'n Sir riechen Sie auch nicht gerade taufrisch."

„Du ...!", quetschte Hakennase hervor und packte Pulle.

„Hehe. Na sehen Sie, jetzt hören Sie mir doch zu. Ich weiß etwas, das Sie wissen wollen."

Hakennase ließ ihn los. „Was will ich wissen?"

„Sie waren doch gestern in dieser Kneipe, *Pub am Bahnhof*, und haben den Wirt nach einem Laden gefragt." In Pulles Gesicht stahl sich ein verschlagener Ausdruck.

„Woher weißt du das?" Hakennase packte ihn erneut. „Du kennst diesen Laden? Sprich! Rede!"

„Tu ich ja. Aber bitte, Sir, erst loslassen."

Hakennase zögerte einen Moment, seine Augen blitzten, dann stieß er Pulle von sich. Der strich seine Lumpen glatt. „Nur eine klitzekleine Gegenleistung."

„Was?"

„Ein Gefallen, den Sie mir tun könnten. Für eine Information. Kostet Sie nicht viel."

„Was willst du?", knurrte Hakennase.

„Besorgen Sie mir ein paar von Kiefs Frikadellen, und ich verrate Ihnen den Laden."

„Das ist alles?"

„Ja. Sehen Sie, ist doch 'n fairer Deal."

„Warte hier. Rühr dich nicht von der Stelle."

Dienstag, 10.35 Uhr

„Keule?"
„Am Apparat. Was gibt's, Chef?"
„Einen Toten. Er war verdeckter Ermittler bei Hakennase."
„Klingt nach Enttarnung."
„Weiß nicht. Irgendwas ist faul. Jedenfalls ist Hakennase dringend tatverdächtig."
„Was soll ich tun?", fragte Keule.
„Spür ihn auf."
„Das ist die Stecknadel im Heuhaufen."
„Ich weiß. Aber das muss sein. Der Fall wäre sonst nicht interessant für mich. Dezernat 12 wird ja auch reagieren. Sobald die etwas organisiert haben, stimmen wir das mit ih – – –"
„Chef? Sind Sie noch da? Chef? Verflixt!" –

„Scheiß Regen!" Bross schüttelte sein Handy und versuchte, es wieder einzuschalten. „Scheiß Regen!"

Dienstag, 10.59 Uhr

„Die Frikadellen."
„Gern. Wie viele?"
„Alle, die da sind."
„Alle? Sind Sie sicher?"
„Ja. Nun mach schon. Ist dein Chef da?"
„Nein, unterwegs. Hier, bitte schön."
Hakennase legte ihm das Geld hin.
„Und Sie wollen die Frikadellen wirklich? Ich mein' ja nur."
„Frag nicht so blöd. Was kosten die?"
„Elf Euro."

Dienstag, 11.30 Uhr

Am Tresen saß ein tätowierter, glatzköpfiger Mann im Muskelshirt. Er hatte sich gerade ein Bier bestellt.

Bross trat durch die offene Tür des *Pub am Bahnhof*. In Lichtgeschwindigkeit war er vorn am Tresen, und seine Hand schoss auf die Schulter des Gastes.

„Dezernat 12. Was tun Sie hier?"

Der Mann hörte die Stimme, fühlte die Kralle und versteinerte.

„Ihr Name?"

„Sch-schulze." Er schluckte.

„Richtig." Bross schnalzte mit der Zunge, sein Kopf zuckte kurz in Richtung der Tür.

Schulze schlotterte, kroch linkisch vom Stuhl, dann zerfiel er zu Staub. Bross klopfte seinen Ärmel ab und hustete.

„Wo ist Kief? Ich muss ihn sprechen."

„Is' nicht", sagte der verschlafene junge Mann mit der Vogelnestfrisur hinter der Theke. „Der ist noch unterwegs. Kann ich was ausrichten?" Er gähnte.

„Er hat mich herbestellt. Es gibt was Neues, sagte er."

„Ach so, ja, das. Hab alles mitgehört aus der Küche. War ja laut genug."

In dem Moment ging die Eingangstür auf, und eine dunkelhaarige Frau kam herein.

„Moin, Kilian. Ist Kief auch da? Egal. Gib mir mal ein Lachsbrötchen. Hab gerade 'ne halbe Stunde Pause, bevor der nächste …" Sie hatte Bross gesehen und hielt inne. „ … Patient … kommt …" Ihr Blick blieb an der markigen Erscheinung des Ermittlers hängen und ihr Mund offen stehen.

Bross sah sie an. Sein Charisma begann zu wirken. Darauf konnte er sich verlassen.

„Hab noch keine frischen gemacht, Sindy", sagte Kilian entschuldigend. „Ich hätte da nur noch zwei von gestern. Sind 'n bisschen weich geworden."

Sie zögerte; schließlich sagte sie langsam: „Ist schon okay." Er reichte ihr eins, sie nahm es, ohne in der Lage zu sein, den Blick von Bross abzuwenden. Diesem entging das nicht. Dann legte sie ein paar Münzen auf den Tresen, drehte sich um und ging vorsichtig zur Tür, sich wieder und wieder umwendend. Wie ein Adler, der erhabene König der Lüfte, wandte Bross seinen Kopf parallel mit ihren Bewegungen und ließ dabei nicht eine Sekunde aus den Augen, bereit, jeden Moment unerbittlich zuzustoßen, bis sie, nach einer Unendlichkeit des Vorwärtsschleichens und Rückwärtswendens, endlich außer Sicht war.

„Dein Mann war hier", sagte Kilian. „Hässlicher Vogel. Und stinkt. Hat nach einem Laden gefragt, gestern."

„Aha. Keule ist an ihm dran. Wir vermuten, er sucht ein Bild."

„Bild? Glaube ich nicht. Eher eine Schallplatte."

„Eine Schallplatte? Das hat er gesagt?"

„Indirekt, ja. Und eben war er noch mal da. Hat alle Frikadellen aus der Kühlbox weggekauft."

„Da stimmt was nicht."

„Sie haben recht. Das würde kein normaler Mensch tun. Und Schallplatten. Die gibt's doch nirgendwo mehr. Höchstens antiquarisch."

„Hm", brummte Boss.

Kilian kratzte sein Vogelnest. „Ich glaube, Schlipper hat auch noch ein paar bei sich herumliegen. In einem gammeligen Drahtständer neben der Theke."

„Schlipper? Ausgeschlossen, dass Hakennase dort auftaucht", murmelte Bross. „Aber das erinnert mich an etwas … Schlipper … Ich muss sowieso hin. Brauche noch Mottenkugeln."

Dienstag, 11.32 Uhr

„Wo is'n der Senf?", fragte Pulle und glotzte auf die Frikadellen.

„Was soll das? Raus mit der Sprache jetzt!"

Hakennase packte ihn.

„Is' ja gut, Sir, is' ja gut. Geht ja auch ohne Senf. Also, in der Vorstadt, da gibt es einen Laden, ist nicht so weit von hier, Viertelstunde mit dem Auto, erkennen Sie sofort, die haben nur alten Mist im Schaufenster, total vergilbt, die könnten das haben, was Sie suchen."

„Wie heißt der Laden?"

„Wie war das doch gleich mit dem Senf?"

24

Langsam und leise knarzend schwang die Blechlampe über dem Küchentisch hin und her. Sie hing an einem langen, staubigen Kabel von der Decke herunter und warf einen schwachen Lichtkegel, der in elliptischen Bahnen über den Tisch zog. Die drei Männer, die um ihn herum saßen, hielten sich im Halbdunkel. Ihre Arme lagen auf der Tischplatte, ihre Oberkörper waren zurückgelehnt, so dass sie gerade eben nicht vom Lichtschein erfasst wurden. Nur schemenhaft waren sie zu erkennen. Doch sie wussten voneinander, wussten, wer und wo sie waren, und vor allem wussten sie, was zu tun sie im Begriff waren.

Mitten auf dem Tisch lag eine auseinandergefaltete Karte, ein Stadtplan, auf dem der gelbliche Lichtkreis umherschwenkte und immer wieder neue Bereiche des Plans beleuchtete. Die Männer saßen unbewegt auf ihren Plätzen, in das Nichts des sie umgebenden Graus gehüllt. Keiner von ihnen rührte sich. Keiner sprach ein Wort. Kein Atmen war zu hören. Nur das ewige Hin und Her der Deckenlampe bildete eine Bewegung, die einzige, die im Raum sichtbar war und die wie das Pendel des Grauens über der Grube des Verderbens schwang.

Plötzlich ein Rücken von Holzstühlen, kurz, knackig, heftig. Dann, mit einem lauten Keuchen aus drei Kehlen, schnellten drei Arme auf den Tisch, und drei Zeigefinger drückten ihre Spitzen auf drei weit voneinander entfernt liegende Punkte des Stadtplans.

„Da!", röchelte einer der Männer.

„Da!", rief ein anderer.

„Da! Da! Da!" Ihre gellenden Schreie erfüllten den Raum und das ganze Haus. „Da! Da! Da! Da! Da!"

„Da ist der Laden!", rief Abbas.

„Nein, da!", schrie Achmed.
„Da ist er, ihr Vollspacken!", brüllte Abdel. „Seid ihr bescheuert oder was?"
„Woher willst du das wissen, du Gehirnakrobat?", herrschte Abbas ihn an.
„Ich weiß es eben. Das muss genügen, Hohlkopf!", gab Abdel zurück.
„Wie nennst du mich?", schäumte Abbas.
„Ich nenne dich noch ganz anders, wenn du nicht akzeptierst, dass du keine Ahnung hast", antwortete Abdel.
„Du hast doch selber keine Ahnung, du Gesichtspilz!", fiel Achmed ein.
„Was weißt du denn, du Hackfresse?", röhrte Abdel.
„Sag das noch mal, du Sackgesicht!", röhrte Achmed zurück.
„Ich werde dir dein Maul stopfen!", brüllte einer.
„Ausgeburt einer Talibanschlampe!", brüllte ein anderer.
„Eiterbeule im Gesicht des Propheten!", brüllte ein weiterer.
Abbas riss sich den Schuh vom rechten Fuß und streckte ihn Achmed hin.
Der riss sich den Schuh vom linken Fuß und streckte ihn Abdel hin.
Der riss sich den Schuh von irgendeinem Fuß und streckte ihn irgendeinem, vielleicht war es Abbas, hin.
Die Lage spitzte sich zu.
Da wurde die Tür aufgestoßen.
„Was ist denn hier los?", rief eine laute, ärgerliche Frauenstimme. „Ihr habt ja nicht alle Latten am Zaun! Seid ihr noch ganz dicht?"
Dann das Geräusch eines Drehschalters. Das Licht über der Küchenzeile flackerte kurz und ging an, eine weißliche, helle Neonröhre. Sie erleuchtete nicht nur den ganzen Raum, sondern brachte auch das Spülbecken zum Vorschein. Es sah aus wie nach einem atomaren Bombeneinschlag. Teller, Töpfe, Besteck und Gläser stapelten sich zu einem wüsten, für das Becken viel zu hohen Durcheinander, das beim geringsten Luftzug zu kippen drohte.

Alles war mit roter und brauner Pampe verkrustet. Die Klappe des Backofens neben der Spüle war offen; in ihm stand noch die Auflaufform mit den angetrockneten Resten der Lasagne, die sich die drei gemacht hatten. Sie konnte nicht sehr gut gewesen sein; was in und vor allem außerhalb der Form im Ofen pappte, war eher schwarz als rot und sah nicht so aus, als wäre es jemals essbar gewesen. Auf dem Fußboden vor dem Herd zeichnete sich ein Schuhabdruck in der rotbraunen Schmiere ab.

Die schlanke junge Frau, die nun im Schein der Neonlampe zu sehen war, sah kurz zu der Nuklearkatastrophe herüber. Dann sagte sie: „Abdel, dein Töchterchen kann nicht schlafen, wenn ihr hier so einen Lärm macht."

Sie war eine auffällig schöne Erscheinung. Ihr seidig-schwarzes, in der Mitte gescheiteltes Haar fiel glatt und voll auf ihre Schultern und ihren Rücken. Wenn sie sprach, schimmerten ihre ebenmäßigen Zähne im Schein des Lampenlichts. Sie trug nur ein rotes, schlichtes T-Shirt, das kurz genug war, eine Handbreit über dem Gürtel ihrer engen Jeans zu enden und die Zone um ihren gepiercten Bauchnabel herum für die Blicke der Öffentlichkeit freizugeben. An den Füßen trug sie nichts; barfüßig stand sie in der Tür, die Hände in die Hüften gestemmt.

„Sagt mal, was macht ihr hier eigentlich?", fragte sie. „Reißt euch mal zusammen und lasst den bescheuerten Quatsch mit den Schuhen."

Grummelnd zogen sich die Männer ihre Treter wieder an und schauten zu ihr herüber.

„Also, was soll dieses Theater, Abdel?" Ihr Blick fiel auf den Stadtplan. „Sucht ihr was?"

„Nein … ja", antwortete Abdel. „Den Laden, den wir überfallen wollen."

„Ach so. Ist doch ganz einfach", sagte sie, trat kurz auf den Tisch zu und zeigte ohne weiteres Suchen auf einen Punkt in der Vorstadt, und zwar einen, den die Zeigefinger der Männer vorher ziemlich dramatisch verfehlt hatten.

„Da", sagten sie wieder wie aus einem Mund. „Da!" Ihre Finger schnellten nun auf den richtigen Kartenausschnitt.

„Ja klar", sagte sie. „Wo sonst? Und jetzt gebt endlich Ruhe. Und Abdel, wenn du willst, dass auch dein zweites Kind gesund zur Welt kommt", – sie tippte auf ihren Bauch, der sich nur ein wenig, aber durchaus bemerkbar unter ihrem T-Shirt wölbte – „solltest du dafür sorgen, dass auch seine Mutter gut schlafen kann."

Sie wandte sich zum Gehen.

„Ach so", sagte sie und drehte sich noch einmal um. „Euren Scheiß da" – sie deutete auf den rotbraunen Bombeneinschlag – „könnt ihr allein saubermachen. Ich bin nicht euer Küchenmädchen." Damit ging sie und schloss leise die Tür hinter sich.

Ein allgemeines Raunen hob im Raum an. Gesenkten Blickes blieben die Männer am Tisch sitzen und murmelten Unverständliches vor sich hin. Auch inhaltlich waren ihre Wortbeiträge von überschaubarer Essenz, so dass hier darauf verzichtet werden darf, ihren präzisen Wortlaut wiederzugeben, zumal dieser sowieso nur geraten werden könnte.

„Gut", sagte schließlich Abdel – oder war es Abbas? Auch das ist eigentlich egal. Jedenfalls hörte das Gemurmel damit auf. „Dann ist alles klar. Jeder weiß, was er zu tun hat. Wir fahren vor, ganz normal. Man kann da parken, kein Problem. Ihr beide rennt rein und macht dem Alten ordentlich Dampf mit euren Knarren. Der wird sich in die Hose machen vor Angst und euch die Kasse und alles andere freiwillig rausrücken, ich schwör's. Masken, hatten wir gesagt, braucht ihr nicht. Für den sehen Araber sowieso alle gleich aus. Nur Handschuhe, für den Fall, dass ihr im Laden etwas anfassen müsst. Und den großen Sack für die Ware. Soweit klar? Okay. Ich bleibe im Auto, mit laufendem Motor, und wenn ihr mit der Kohle rauskommt, springt ihr rein, und wir fahren locker davon. Bis der Alte sich von dem Schock erholt hat, sind wir um die nächste Hausecke, und von da an sind wir Touris aus Nordafrika, die sich einfach mal 'n bisschen die Stadt angucken. Keiner wird uns verdächtigen. Tach, Herr Oberwachtmeister. Was, nur

Wachtmeister? Oh. Entschuldigen Sie, bitte. Ein Überfall, sagen Sie? Das ist ja furchtbar! Hadschi Halef Omar! Was? Wer? Nein, wir doch nicht! Wir sind harmlose Touristen, aus dem Westen, müssen Sie wissen, und machen nur Sightseeing. Morgen reisen wir weiter nach Osten. Na klar melden wir uns, wenn wir etwas Auffälliges bemerken. Wir wissen, wie wir uns in einem Land zu verhalten haben, wo wir zu Gast sind. Nichts zu danken, Herr Hauptwachtmeister. Nur Wachtmeister? Ach kommen Sie. Sie werden sicher bald befördert. Garantiert, bei Ihrer Leistung. Schönen Tag noch. – Also, Ausrüstung klar? Uhrzeit klar? Alles klar? Gut. Wir sehen uns morgen."

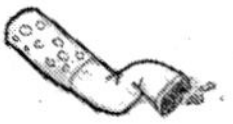

25

Keule schob seine Mütze zurecht. Unter ihr juckte es, wie immer eigentlich, denn er wusch seine schulterlangen, strähnigen Haare nur selten. Sie saßen meist verquer unter der Mütze, weshalb er ständig mit dem Zurechtschieben beschäftigt war. Wirkliche Entlastung brachte das eher selten, gab ihm aber das Gefühl, etwas gegen den nervigen Juckreiz und den unbequemen Sitz zu tun.

Weil der Mustang bei Bross war und er ihn telefonisch nicht erreichen konnte, hatte Keule auf eigene Faust am Osteingang des Bahnhofs Posten bezogen, zeitunglesend gegen ein Halteverbotsschild gelehnt. Nur scheinbar natürlich. Hier am Bahnhof befand sich der größte Taxistand der Stadt. Vielleicht wusste ja ein Taxifahrer etwas, hatte etwas gesehen, gehört, gerochen, wie auch immer. Das Netzwerk zwischen den Kollegen war dauerhaft auf Betriebsmodus geschaltet und funktionierte wie geschmiert.

Keule war selbst einmal Taxifahrer gewesen, als er, wenige Jahre zuvor erst aus dem Kinderheim entlassen, die Lehre abgebrochen hatte und aus der Wohnung geflogen war, weil sein Wellensittich unbedingt vom Balkon aus dem Vermieter auf den Kopf kacken musste. Seine Freundin, die dumme Kuh, hatte ihn sitzenlassen, weil sie keinen Bock mehr auf seine bescheuerte Mütze und seine fettigen Haare hatte, und war dann mit seinem Kumpel durchgebrannt, Rainer, dem blöden Arsch, der ihm vorher ihretwegen auch noch die Fresse poliert und einen Zahn ausgeschlagen hatte, was echt scheiße aussah, so richtig scheiße. Also saß er auf der Straße, ohne Kohle und auch ohne seine Klamotten, die – in zwei Koffer gepackt – irgendwo im Orbit kreisten, weil so ein Vollidiot von Gepäckträger am Bahnhof sie ihm nicht zurückgeben wollte, denn er hielt ihn für einen Penner – kein Kunststück bei all dem, was an den Tagen vorher abgelaufen war. Er konnte sich noch nicht mal rasieren, und der Gepäcktyp glaubte ihm nicht, dass es seine Koffer waren, und kassierte sie einfach ein. Sie blieben in den Tiefen der Bahnadministration verschollen.

Da hatte er sich dann mit Taxifahren durchschlagen müssen. Mit der Zeit fand er Gefallen an dem Job und knüpfte eine Reihe wertvoller Kontakte zu Kollegen, die ihn aus manchen Kalamitäten heraushauten, bis er später dann eine Ausbildung bei der Polizei beginnen konnte.

Einmal Taxifahrer, immer Taxifahrer, und so war die Verbindung zu den Berufsgenossen in der Stadt niemals abgerissen. Die Schaltstelle dieses Netzwerks war der Bahnhof. Hier stand jeder von ihnen mindestens einmal am Tag, um Fahrgäste abzuliefern oder aufzunehmen und in die Stadt zu fahren, meist zu einem der Hotels. Hier liefen die Fäden zusammen. Hier war der Umschlagplatz für die Informationen, die Erlebnisse, die Verdächtigungen, die Stimmungen, die Kombinationen.

Keule war sich natürlich bewusst, wie unwahrscheinlich es war, dass jemand hier etwas gesehen oder gehört hatte. Und dennoch, ein auffälliger Typ wie Hakennase konnte auf Dauer nicht unbemerkt bleiben, würde nicht einfach im Taxi chauffiert und dann vergessen werden. Aber bediente er sich überhaupt eines Taxis? Vielleicht hatte er sich in der Zwischenzeit selbst eins gekauft oder gemietet, wer wusste das schon. Oder, wenn ein Verdeckter an ihm dran war, hatte der möglicherweise ein Fahrzeug. Aber Hakennase war ja mittlerweile allein! Sein Maulwurf lag tot im Prunksessel eines lächerlichen Frisiersaloninhabers. Und dann war da der beste Mann von Dezernat 12, Smith. Er war an dem Mord nicht beteiligt gewesen, das war Keule klar. Aber wo war er? Und hatte Hakennase eventuell dessen Auto? Keule war verunsichert, und den Chef konnte er per Handy nicht erreichen. Die Verbindung war unterbrochen worden, Funkloch oder so, schwaches Netz, als Bross ihm genaue Instruktionen geben wollte, und als Keule versuchte zurückzurufen, gab es keine Reaktion.

Er rekapitulierte den Fall. Ein Mord war geschehen. Opfer: ein auf Hakennase angesetzter Verdeckter. Der Mörder war flüchtig und nicht bekannt. Aber der Verdacht gegen Hakennase lag auf der Hand. ‚Nicht viel', dachte Keule, ‚vor allem nichts Konkretes.' Doch trotz des Informationsdefizits war er Polizist und Fahnder genug, um zu wissen, was er zu tun hatte. Die Augen aufhalten. Und die Ohren. Nur, angesichts der Gefahr, die von Hakennase ausging, war das gar nicht so einfach. Eine exzeptionelle Herausforderung war es, die ihn zwang, einen genialen Trick zu entwickeln, einen, den selbst ein so abgewichster Verbrecher wie der Gesuchte niemals durchschauen würde: Durch zwei tennisballgroße Augenlöcher nämlich, die er sich in die Zeitung geschnitten hatte, spähte Keule unauffällig die Umgebung aus, sich von Zeit zu Zeit langsam drehend, um den gesamten Observationsbereich zu 360 Grad abzuscannen.

Die Taxifahrer würde er etwas später noch ansprechen. „Zähigkeit und Ausdauer", hatte Bross gesagt, unter anderem. Zähigkeit und Ausdauer hießen die Schlüsselqualifikationen, die jetzt angesagt waren. Die Wahrscheinlichkeit, dass seine Zielperson ausgerechnet hier aufkreuzen würde, war nicht sonderlich hoch, zumal jetzt, zur Mittagszeit, sowieso nicht viel los war hier. Aber soviel war klar: Wenn er hier aufliefe, würde er, Keule, ihn entdecken.

„Entschuldigen Sie", sprach ihn ein Mann von hinten an. „Hätten Sie mal Feuer?"

Keule drehte sich um. „Ja, selbstverständlich", antwortete er, ließ die Zeitung sinken und faltete sie. Der Mann hielt einen Zigarillo in der Hand. Keule griff in die Hosentasche, holte sein Feuerzeug heraus und zündete es an.

„Danke. Vielen Dank", murmelte der Mann, nachdem er einen kräftigen Zug genommen hatte und den Rauch aus dem Mundwinkel heraus in den Himmel paffte. „Komm, wir gehen", sagte er mit einem Blick über seine Schulter.

„Hakennase!", stieß Keule hervor. „Hakennase!"

„Was – – –?" Mehr brachte dieser nicht heraus, hatte für einen Moment die Fassung verloren, dann begriff er. Nicht ganz eine

Sekunde später war er im Bahnhofsgebäude verschwunden.

Auch Keule hatte verstanden. Er warf die Zeitung von sich und nahm die Verfolgung auf. Die Schwingtür des Bahnhofs war kein ernstzunehmendes Hindernis für einen Mann, der mit maximaler Geschwindigkeit darauf zulief. Keule rannte durch die Tür und weit schwang der Türflügel auf, bis zum Anschlag, prallte krachend von dort ab und federte zurück, allerdings nicht sehr weit, denn der Rückschwung wurde zu früh und ziemlich unsanft gebremst. Wie eine Kesselpauke klang der Schlag des Türflügels vor die Stirn eines Mannes, der das Gebäude betreten wollte, einen schweren Koffer in der Hand. Den ließ er fallen, als er beide Hände hochriss und zum Kopf führte, woraufhin der Koffer hart auf seinem Fuß aufschlug.

„Sie!", schrie er, in doppeltem Schmerz aufheulend, hinter Keule her. „Sie!!" Wütend schüttelte er eine emporgereckte Faust. Der Türflügel vibrierte mit einer bedrohlich weiten Amplitude, und die Resonanzschwingungen dröhnten martialisch in den Ohren des so Geschundenen.

Keule bekam von dem ganzen Vorfall nichts mit. Er war längst enteilt. In der Eingangshalle angekommen, orientierte er sich in Windeseile. Ein Blick nach rechts, einer nach links, dann war er im Bilde. Durch die Halle und den sich anschließenden Gang, der an Shops, Reisebüros, dem Ticket-Center und den Toiletten vorbei zu den Gleisen führte, zog sich eine Schneise der Verwüstung. Offenbar war Hakennase wie ein Tornado, wie eine alles vernichtende Fräse über die Halle hereingebrochen. Rechts und links der Bresche, die er sich durch einen kleinen Markt geschlagen hatte, lagen zersplitterte Kisten mit Obst und Gemüse auf dem Boden, und die Orangen, Kartoffeln und Mangoldköpfe rollten Keule zwischen die Füße. Dahinter stand eine junge Frau in einem langen folkloristischen Rock mit weit aufgerissenen Augen, die Hände vor das Gesicht geschlagen, inmitten eines Wirrwarrs von Halsketten, Lederarmbändern, Ohrringen und weiteren – zugegeben wertlosen – Schmuckstücken, die ihr entgegengefallen waren, als Hakennase ihren Stand mit einem Streich umgestürzt hatte. Keule umlief den Haufen von Zeitungen und Büchern, der sich auf dem Steinboden ausbreitete und rannte auf die Stehpizzeria zu. Das Loch in der Glasfront des kleinen Ladens zeigte die Umrisse eines Mannes mit wehendem Mantel und breitkrempigem Hut.

„Ey!", brüllte der Italiener hinter der Theke in die Richtung, in die der Flüchtige verschwunden war. „Mammaaaaaa mia! Du bezahlen die Pizza, ha?!"

Keule stürzte durch das Loch herein, die Glassplitter auf dem Boden knirschten, als er darauf trat, dann hielt er inne und blickte sich kurz um. Nur kurz. Das genügte. Denn dann sah er es.

Da lag es, oben auf der Theke, auf einer rechteckigen Pappschale. Frisch aus dem Ofen. Aber so was von frisch! Knusprig, kross, golden gebräunt, der Teig nicht zu dick, so dass man sich nicht die Zähne ausbeißen würde, und auch nicht zu dünn. Dunkelrote Fleischtomaten, saftig, aromatisch, keine billige Discounter-Tomatensoße, dann Schinken, aber nicht der übliche Formfleisch-Ekel, den alle machten, nein, Rauchschinken, roh, vom Stück geschnitten, frische Waldpilze mit dem Duft frischer Waldpilze, leicht geröstete, knackige Zwiebelringe, handverlesen und professionell dekoriert, bissfest, darüber Bio-Oregano aus den würzigen Hinterlandtiefen Umbriens – und dann der Käse! Mozzarella, zerlaufen bis in die letzten Ritzen des reichhaltigen Belags, noch leicht blubbernd von der Gluthitze des Ofens, aus dem dieses Meisterwerk gerade zuvor erst erschienen war.

DAS Stück DER Pizza! Eine Offenbarung! Ein Wunder! Es schien zu leben, ach was, nein, es lebte definitiv, mit dem Aroma, das es verströmte und das Keules Gesicht einhüllte, mit seinem erotischen Blasenwurf der Tutaten: Der Schinken bebte; der Käse formte vulkanische Magmabeulen und ließ sie aufplatzen wie zwei sinnliche Lippen beim Kuss; die Pilze brutzelten im Gemisch des eigenen Saftes und des Restes von Bratfett, das sie umschmeichelte und in diesen Zustand üppiger Wollust versetzt hatte.

Ohne zu zögern griff er zu. Er wandte den Kopf mit einer Zuckung, sah das zweite Loch in der Scheibe, das dieselbe Form aufwies wie das, durch das er hereingekommen war, und einen Kopfsprung und eine Hechtrolle später war er draußen im Gang, die Pizzaschale elastisch abfedernd.

„Ey!!", rief der Italiener hinter ihm her. „Du bezahlen die Pizza, ha?! Mammaaaaaa mia!"

Keule hatte sich aufgerappelt, biss kräftig ab, schickte ein kurzes Stoßgebet des Dankes zum Himmel und rannte weiter, immer den Spuren der Verwüstung folgend, die ihm den Weg wiesen: aufgesprungene Koffer und Taschen, deren Inhalt auf dem Boden verstreut lag, ein Siebzigjähriger, der sich in einem liegenden Fahrrad verheddert hatte, ein Gemenge von Blumenvasenscherben und dem Matsch zertretener bunter Sträuße, eine unerbittliche Rauferei zweier sommersprossiger Jungen um den Rollator, der dem Siebzigjährigen abhandengekommen war. Gerade noch sah er ein paar vereinzelt herumliegende Zeitschriften, wollte ausweichen und einen Ausfallschritt nach rechts machen, doch sein Fuß traf zielgenau eines der Pamphlete, das unter ihm wegrutschte und ihn krachend auf dem Rücken aufklatschen ließ. Das Magazin wurde hochgeschleudert, flatterte auf ihn herunter, und im Fallen las er den Titel: *Der Wachtturm*. Im nächsten Augenblick sprangen, wie aus einem Hinterhalt, zwei geschlechtslose Gestalten auf ihn zu, beige und grau gekleidet, mit Brillen und Hüten.

„Steh auf und glaube, Bruder", sagten sie mild und reichten ihm die Hände. „Dein ist das Himmelreich. Wir haben die Frohe Botschaft für dich. Komm mit in unseren Königreichssaal."

‚Himmelreich? Himmel hilf!', schoss es Keule durch den Kopf. Er sprang auf, rutschte auf dem nächsten Wachtturm erneut aus, die Pizzaschale schnellte senkrecht in die Höhe, dann fiel er, diesmal auf den Bauch, glitt auf der Wachtturmsschicht, die unter ihm lag, einige Meter weiter, zehn, fünfzehn, rollte sich seitlich herunter, fing die Schale auf und lief.

„Ein Wunder!", riefen die beige-grauen Wesen angesichts der

fallenden Pizza. „Gott lässt Brot regnen auf die Erde! – Kehr um und glaube, Bruder“, riefen sie dann Keule nach, „und Gott wird auch dich speisen!“

Oder hatte einer von ihnen gerufen: „Gott will auch mich speisen!“? – Wir wissen es nicht und werden es nie erfahren.

In der Ferne, kurz vor dem Ausgang des Bahnhofs in Richtung Westen nahm Keule plötzlich ein Flackern wahr, ein kurzes Aufleuchten, mehr war es nicht, doch das reichte, um die männliche Silhouette zu erkennen, breiter Hut, wehender Mantel: Hakennase! Und schon war er wieder aus Keules Blickfeld gehuscht, aber nicht schnell genug, um ihn abzuhängen. Nach rechts war er gelaufen, kein Zweifel. Dort musste ein Gang sein, zu weiteren Toiletten vielleicht, Wickelstuben, Ruhezonen, Personalbereichen oder technischen Versorgungsräumen. Keule raste hinterher und bog ab, da hörte er vor sich eine Tür ins Schloss fallen, schwer und metallisch. Der Gang war nur schwach beleuchtet, und in den weißen Wänden gab es keine Tür. Er lief weiter. Eine Rechtskurve – immer noch nichts. Ein Knick links, dann vier, fünf Stufen aufwärts, er nahm sie mit einem einzigen langen Satz, dann war da eine Wand, nichts ging mehr, Ende Gelände, Mist. Gierig riss er mit den Zähnen ein großes Stück aus der göttlichen Pizza.

Und dann war die Tür da.

Hochspannung! Lebensgefahr!, las er auf dem gelben Schild daneben an der Wand. Er zog an der Klinke, dann stutzte er. Rücklings an eine Wand gelehnt stand dort eine Frau mit langen roten Haaren, davor an sie gepresst ein Kerl mit puterrotem Kopf. Beide hatten notdürftig und wohl in drängender Eile ihre Hosen heruntergelassen oder wohl eher gerissen. Als der Mann Keule bemerkte, drehte er sich zu ihm um.

„Sie sollten etwas gegen Ihren Bluthochdruck tun“, sagte Keule mit vollem Mund. „Lebensgefahr.“

„Du Wichser!“, brüllte der Puter hinter Keule her, doch der war schon wieder aus der Tür.

„Lass ihn“, sagte die Frau gelangweilt und schob im Mund ihren

Kaugummi auf die andere Seite. „Was is'n jetzt? Geht's weiter oder was?"

Wieder draußen erblickte Keule die zweite Tür. Sie lag direkt gegenüber. Warum hatte er sie vorhin nicht gesehen? Da drinnen musste er sein. Er zog seine Pistole und öffnete. Dunkelheit. Bedrohlich ließ er den Lauf seiner Waffe in das schwarze Loch hineinwachsen und tastete gleichzeitig mit der Linken an der Wand nach einem Lichtschalter, fand ihn und drückte. Eine schwache Neonröhre flackerte, dann leuchtete sie gelblich-orange auf. Licht.

„Tranfunzel", murmelte er.

Die Röhre war die einzige Beleuchtung des kahlen, moderig riechenden und nicht sonderlich großen Raumes. Er war menschenleer. Keule senkte die Pistole und steckte sie ein. Es musste ein Feuchtraum sein, mit einem langgezogenen steinernen Massenwaschtrog in der Mitte, wie man ihn von Jugendherbergen der Nachkriegszeit oder von Kasernen kannte. Der blanke Estrichboden fiel etwas zu einer Raumecke hin ab, wo Keule einen großen, eingelassenen Deckel wahrnahm, schweres Eisen, mit Löchern für ablaufendes Wasser. Keule ging darauf zu und sah, dass er nicht in seinem Rahmen lag, sondern seitlich verschoben war. Und von Hakennase war nichts zu sehen.

Keule rekapitulierte: Im Gang hatte er keine Tür gesehen, die der Ganove zur Flucht hätte nutzen können. Das war sicher. In dem ersten Raum waren der Kerl und die Rothaarige und sonst niemand. Weitere Türen gab es nicht, hier, am toten Ende des Ganges. Das alles ließ nur einen Schluss zu.

Vorsichtig schritt Keule heran, beugte sich über den Schacht, der tief in den Erdboden zu führen schien, und sah hinein. Stille, dann plötzlich aus der Tiefe ein Zischen wie von einer erlöschenden Flamme, dann erneut Stille. ‚Der Zigarillo', dachte Keule. ‚Er hat ihn in den Kanal geworfen.' Er stopfte sich den Rest der Pizza in den Mund, schob seine Mütze zurecht und stieg auf die erste Sprosse der abwärts führenden Wandleiter.

25

„Ja, das weiß ich", sagte der alte Herr zu dem Mann im Toyota. „Ich werde öfter nach dem Weg gefragt. Ich bin ja immer hier."

Er sah freundlich aus. Sein faltiges Gesicht war braungebrannt und glattrasiert, und es sah so aus, als trüge es stets ein Lächeln, ganz unabhängig von Situation und Stimmung, in der er sich befand. Seine Kleidung erinnerte an einen Golfspieler: Leinenschuhe, weiße Hose, dunkelgrüner Pullover, dazu eine flache weiße Kappe. Er stand auf dem Bürgersteig, auf einen Stock gestützt, und sprach durch das geöffnete Seitenfenster mit einem hageren Mann mit einer Hakennase, der auf dem Beifahrersitz eines Toyota saß.

„Wissen Sie", fuhr er fort, „wer hier durchkommt und sich nicht auskennt, verfährt sich leicht in diesem Straßengewirr. Hier sieht ja auch alles gleich aus. Gucken Sie sich doch mal um. Häuser, Vorgärten, alles gleich. Da haben Sie gar keinen Anhaltspunkt. Keiner wagt da mal eine neue Fassadenfarbe oder einen anderen Klinker. Nullachtfuffzehn, aber so sind die Leute hier. Und dann überall rechts vor links. Da soll sich einer zurechtfinden! Wenn Sie von auswärts sind und keinen Stadtplan haben, sind Sie hier aufgeschmissen. Sind Sie von auswärts?"

„Ja", antwortete Hakennase.

„Sehen Sie? Kein Wunder. Da bleibt Ihnen nur, jemanden zu fragen, wenn Sie da wieder hinausfinden wollen. Ich meine, viele Menschen sehen Sie hier nicht um diese Tageszeit. Die meisten arbeiten ja. Hier wohnen die Pendler, die Jobs in der Stadt haben. Hatte ich früher auch. Ich habe bei der Krankenkasse gearbeitet. Da habe ich immer den Bus genommen, das war ganz günstig, obwohl ich auch erst nach sechs nach Hause kam. Manche fahren mit dem Auto. Aber das ist eigentlich ungünstiger. Der ganze

Verkehr, wissen Sie, und dann kriegt man nirgendwo einen Parkplatz. Das kann schon an die Nerven gehen. Arbeiten Sie in der Stadt?"

„Nein", antwortete Hakennase.

„Gott sei Dank, was? Na ja, wenigstens haben Sie jemanden, der Sie fährt, wie ich sehe. Das ist dann nicht ganz so nervig. Als ich meinen Führerschein noch hatte, voriges Jahr habe ich ihn abgegeben, es ging wirklich nicht mehr, ich hab ja gar nichts mehr gesehen, jedenfalls, als ich noch Auto fuhr, saß meine Frau immer auf dem Beifahrersitz. Und wenn wir dann in den Schwarzwald fuhren, stieg sie entspannt aus und hatte direkt Urlaub. Wissen Sie, wir waren da regelmäßig in einer kleinen Pension am Schluchsee, Pension Stähle. Ich hatte immer Kopfschmerzen von der Fahrerei, den ganzen Tag, und konnte noch gar nichts genießen. Und das, obwohl ich den Weg ja kannte."

„Den Weg", sagte Hakennase.

„Ja, richtig, warum sagen Sie das nicht gleich?" Er lächelte und hob seinen Stock. „Fahren Sie weiter bis zu der Kreuzung da vorn", – er wies mit dem Stock geradeaus – „dann biegen Sie links ab", – er stach den Stock durch das Fenster ins Auto hinein; Hakennase konnte im letzten Moment noch ausweichen – „und dann sind Sie schon da, nach hundert Metern auf der rechten Seite. Ist nicht schwer. Und wenn Sie nicht hinfinden, kommen Sie einfach wieder hierher zurück. Ich helfe Ihnen gern noch einmal. Ich bin ja immer hier, vor meinem Haus. Und wenn ich einmal nicht hier sitze, klingeln Sie ruhig, aber klingeln Sie durch. Es kann sein, dass ich gerade mein Hörgerät nicht drin habe."

„Danke schön", zischte Hakennase seitlich durch die Zähne und ließ eilig das Fenster hochfahren.

„Doch nicht dafür", sagte der freundliche Herr, als das Auto schon angefahren war. „Wenn Sie wieder mal in der Gegend sind und Hilfe brauchen, einfach Walter Borsig fragen. Bin stets zu Diensten." Er winkte dem Auto mit dem Stock hinterher, bis es abgebogen war.

Nach hundert Metern hielt es an.
Hakennase sah aus dem Fenster.
„Wir sind da“, sagte er.

Niemand nahm Notiz von dem alten Renault, der, von der Landstraße heranrollend, das Ortsschild passierte und gemächlich stadteinwärts zuckelte. Die wenigen Passanten, die unterwegs waren, schenkten ihm keine weitere Beachtung. Man war mit sich selbst beschäftigt an diesem Nachmittag und ging seines Weges. Hier und da schaute eine alte Frau aus einem Fenster, ohne beim Vorbeifahren des Wagens die Blickrichtung zu ändern. Jemand fegte seine Garageneinfahrt, ein anderer mähte den Rasen in seinem Vorgarten, zwei Nachbarinnen unterhielten sich miteinander. Jeder ging gleichmütig seiner Tätigkeit nach. Nur ein kleiner Junge, der von seiner Mutter an der Hand geführt wurde, sah den Wagen, zog an ihrem Ärmel und rief: „Guck mal, Mama! Da!“ – „Ein Auto“, sagte sie gleichgültig. – „Aber das ist ein alter R4. Ein Oldtimer. Den gibt's gar nicht mehr!“ – „Ja, Schatz.“ Sie war gelangweilt. „Komm weiter“, sagte sie und zog ihren aufgeweckten Sohn, der noch eine Zeitlang irritiert hinter dem Auto hersah, mit sich.

Weil die Mutter nicht auf die Beobachtung ihres Sprösslings reagierte und auch sonst keine Menschenseele den Wagen bemerkte, vernahm niemand den erregten Wortwechsel der drei männlichen Insassen, die wild mit Schuhen gestikulierten. Und selbst wenn jemand aufmerksam geworden wäre, verstanden hätte er nichts, weil alle in ihrer Erregung das Zuhören und das Luftholen vergaßen und daher gleichzeitig sprachen, beziehungsweise schrien. Das ist nebenbei auch der Grund, warum für die Richtigkeit der Reihenfolge, in der die Äußerungen hier wiedergegeben werden, keine Gewähr übernommen werden kann.

„Du lügst!“

„Was fällt dir ein!“

„Was glaubst du, wer du bist?“
„Du bist ein Betrüger!“
„Wage es nicht, mich zu reizen!“
„Allahu akbar!“
„Schande über dich!“
„Was erlaubst du dir?“
„Pass auf, was du tust!“
„Jetzt reicht's!“
„Glaubst du, du kannst mich verarschen?“
„Allahu akbar!“
„Schweig! Ich befehle es dir!“
„Siehst du diese Faust? Siehst du sie?“
„Sag das nicht noch einmal!“
„Nimm dich in Acht!“
„Allahu akbar!“
„Soll ich erst die Peitsche sprechen lassen?“
Plötzlich bremste der Wagen ruckartig und blieb unvermittelt hinter einem anderen am Straßenrand stehen. Sämtliche Köpfe im Auto flogen zuerst gegen die Windschutzscheibe, wurden zurückkatapultiert und flogen dann gegeneinander. Es klang seltsam hohl. Was folgte, war ein infernalisches Gebell.
„Kanalratte!“
„Hundesohn!“
„Wasserbüffel!“
„Halbaffe!“
„Schmeißfliege!“
„Schmeißfliege?
„Schmeißfliege!“
„Allahu akbar!“
„Pavianarsch!“
„Warzenschwein!“
„Kackstelze!“
„Kürbisgesicht!“
„Ackerfresse!“

„Sch!“ zischte Abdel, der am Steuer saß.

Es war die erste Äußerung, bei der es nicht nur möglich war, die Urheberschaft zweifelsfrei zuzuordnen, sondern auch den Zeitpunkt, zu dem sie fiel. Sie beendete nämlich das revolutionsartige Klang- und Bewegungsbild. Die beiden anderen verstummten.

„Wir sind da.“

Bross fuhr bei Schlipper vor und hielt hinter einem am Straßenrand parkenden Renault 4 an. Er stellte den Motor des Mustang ab und zog den linken Ellenbogen ein, den er während der Fahrt aus dem Fenster gehalten hatte. Als er die Scheibe hochkurbeln wollte, hörte er ein schepperndes Geräusch. Der Motor des R4 vor ihm lief. Der Fahrer saß noch am Steuer.

„Umweltverschmutzung“, brummte Bross.

Vor dem R4 stand noch ein Wagen, wohl ein Toyota Corolla, wie er sah. Er kurbelte die Seitenscheibe hoch und bückte sich, um sich die Schnürsenkel zu binden.

26

Schlippers Gemischtwarenladen, wie wir ihn nennen wollen, denn einen offiziellen Terminus für ein derartiges Angebot gibt es nicht, lag bekanntermaßen etwas außerhalb des Stadtzentrums, was zu der irrigen Annahme verleiten könnte, der Besuch eines Kunden stellte eher eine Ausnahme dar. Weit gefehlt; das Gegenteil war der Fall. Andere Einzelhändler hatten in den vorausgegangenen Jahren nach und nach geschlossen, weil es sich nicht mehr lohnte, breite Angebote für spezielle Bedürfnisse aufrechtzuerhalten. Schlipper jedoch stieß jedes Mal mit einer untrüglichen Bauernschläue in die sich bietende Lücke, legte sich ein kleines, aber feines Sortiment des Fehlenden zu und sorgte so mit den Jahren dafür, dass sein Laden eine Art universale Monopolstellung in der Gegend einnahm. Ob Werkzeuge, Zeitschriften, HiFi-Geräte, Campingartikel oder Tiernahrung, Schlipper griff alles dankbar auf, deckte den Bedarf fast vollständig ab und bot auch etwas für ausgefallenere Befindlichkeiten.

Bei all dem verstand er es, an klug über das ganze Ladenlokal verteilten Punkten alten Plunder aus den 50er und 60er Jahren zu platzieren, den zwar garantiert niemand mehr kaufte, der dem Laden aber eine einzigartige, angestaubt-verzopfte Note verlieh: Putzmittel längst vergessener Marken, Küchengeräte, die beim besten Willen nicht mehr funktionieren konnten, Western- und SciFi-Comics, vor denen Mütter ihre Söhne in den 50ern noch warnten oder Singleschallplatten von völlig zu Recht in Vergessenheit geratenen Künstlern.

Das zog eine für Vorstadtverhältnisse nicht unerhebliche Zahl von Touristen an, die den Laden mit eigenen Augen sehen wollten. Unterstützend wirkte dabei die Tätigkeit eines gewitzten Mitarbeiters der Touristeninformation im Stadtzentrum.

Manchmal wurde er von Besuchern, die „Land und Leute kennenlernen" wollten, nach „Insidertips" und „folkloristischen Erlebnissen" gefragt. Dann setzte er ein geheimnisvolles Gesicht auf, winkte die Fragenden näher zu sich heran, damit er nur zu flüstern brauchte, und sagte hinter vorgehaltener Hand: „Ich hab da was für Sie."

Mit den Hinweisen „Das müssen Sie sich ansehen" und „Sie glauben es nicht, wenn Sie es nicht selbst gesehen haben" vermochte er die Neugier der Suchenden bis zum Siedepunkt zu erhitzen. Drei Aspekte waren es, die er ihnen skizzenhaft beschrieb und dabei genug wegließ, um ihre Phantasie zu beflügeln: das völlig verblichene Schaufenster, das sicher seit vierzig Jahren nicht umgestaltet worden war, einschließlich der ausgestellten Artikel, dann das „historische" Interieur und schließlich die Person und die Persönlichkeit Klaus Schlippers, des Inhabers in zweiter Generation. Dabei beließ er es und überantwortete den Rest der Findigkeit der Touristen, ohne zu vergessen, ihnen einen Stadtplan vom Abreißblock „zu einem Schleuderpreis" herüberzuschieben, auf den er mit vielsagendem Blick ein Bleistiftkreuzchen setzte.

Wer das Schaufenster zur Kenntnis genommen, die drei Stufen zum Haus erklommen und die schwergängige Tür geöffnet hatte, nahm zunächst einen penetranten Geruch nach Urin wahr (Schlipper behauptete, es röche nach Mangold, aber die Einheimischen wussten es besser), bevor er bemerkte, dass er noch gar nicht im Laden selbst stand, sondern im Hausflur, an dessen Ende eine dunkelrot mit Ochsenblut gebeizte Treppe ins Obergeschoss führte.

Der Eingang zum Laden befand sich rechts, eine dunkle Holztür mit kunstvollen Füllungen und einem, der Patina nach zu urteilen, hundert Jahre alten Messinggriff. Sie schloss nicht mehr ganz und war daher nur angelehnt. Wenn sie zum Raum hin geöffnet wurde, strich das Türblatt leicht an einem Glockenspiel entlang, das von der Decke herabhing, und es klingelte. Hatte man den Laden betreten, steuerte man unwillkürlich auf die lange Theke aus schwerem Eichenholz zu, ein Relikt aus dem Preußen des ausgehenden 19. Jahrhunderts, sicher das Meisterstück eines Kunstschreiners. Sie war ein echter Blickfang und verdeckte die Tatsache, dass die Bezeichnung „historisch“ für die übrige Einrichtung nicht haltbar war. Dafür war alles mehr oder weniger vollgestopft mit Waren, die in Drahtkörben lagen, in Metallregalen, in Drehständern oder die einfach auf dem Boden standen. Die Theke jedoch entschädigte dafür.

Der Kunde ahnte, dass sich auf der nur für den Inhaber zugänglichen Rückseite des Meisterstücks eine Menge an Klappen und Schubladen befinden musste, wo Geheimes verborgen war, das nur ganz besonderen Kunden angeboten wurde.

Auf der Theke standen fünf oder sechs riesige zylindrische Gläser, die mit Kleinigkeiten in allen denkbaren Farben gefüllt waren. In der Hauptsache handelte es sich dabei um Süßigkeiten, die Schlipper seinen jungen Kunden schon einmal schenkte, indem er den Deckel lupfte und auffordernd lächelte, und um Spielzeugfiguren aus Plastik, mit denen er nicht so freigebig umging. Ganz hinten stand das Glas mit den Mottenkugeln, aus verständlichen Gründen etwas außerhalb des frequentierten Bereichs. Vorn, als echter Hingucker, prangte die wuchtige, vollmechanische Registrierkasse. Sie stammte aus den Zwanzigern und machte bei jedem Eintippen, jedem Drehen der Kurbel und jedem Öffnen der Geldlade ein lautes Geräusch, sehr zum Entzücken der Jäger nach Historischem.

Der wirkliche Hingucker aber war der Inhaber selbst, Klaus Schlipper. Ein Neukunde mochte ihn wohl erst etwas spät entdecken, denn er hielt sich stets von der Registrierkasse halb verdeckt hinter seiner Theke auf. Aber was da nun stand, lohnte auch eine weitere Anreise. Vor allem wurde den volkskundlich Interessierten mit einem Schlag klar, dass der gute Mann in der Touristeninformation nicht übertrieben hatte. Man mochte seinen Augen eigentlich gar nicht trauen, doch auch nach intensivem Reiben und beim zweiten Hinsehen blieb alles, wie es war: Der

Mann war fast nackt! Fast, denn immerhin war er mit einer Badehose und Badelatschen bekleidet – zum Glück. Wenn der erste Schock ob dieser unerwarteten Blöße (und ihrer Charakteristik, von der noch die Rede sein wird) verdaut und eine Erleichterung eingetreten war, griffen Hobbyfotografen eifrig zur Spiegelreflexkamera und Hobbyanthropologen zu Bestimmungsbüchern, um das Gesehene festzuhalten und einzuordnen.

Doch so einzigartig dies war, so harmlos war es auch. Schlipper war aus tiefstem Grunde ein gutherziger Mensch, der buchstäblich keiner Fliege etwas zuleide tun konnte. Und dennoch gab es eine Zielgruppe von Kunden, die nach dem ersten Besuch niemals wiederkehrten: die der pubertierenden Mädchen. Kaum hatten sie nämlich von ihrem Smartphone aufgeschaut und ihn bemerkt, stürzten sie kreischend wieder hinaus und vergaßen völlig, die Gelegenheit zu nutzen und ein schnelles Foto zu schießen.

Schlipper nahm ihnen das nicht übel. Er kannte solche Reaktionen und schob sie großväterlich auf das Alter, ohne sie im Geringsten persönlich zu nehmen.

Er war ein Mann von etwa sechzig, der schon früh, in jungen Jahren, aus der Form gegangen oder besser gelaufen war. Anders war seine pyknische Figur nicht zu erklären, an der alles irgendwie hing, floss und quoll. Um diese Unförmigkeit herum spross ein imposanter Pelz von braun-grauen Körperhaaren, der den Oberkörper vorne wie hinten von den Schultern bis zur Gürtellinie fast lückenlos und in jedem Fall lichtundurchlässig bewuchs. Im Nacken ging dieser Urwald ansatzlos in das über, was von seinem Haupthaar noch übriggeblieben war und nun wirr um den Kopf herum stand oder hing, wie auch immer. Wo die Natur Lichtungen im Dschungel vorgesehen hatte, zeigte sich auf seiner weißlichen Haut eine Vielzahl von Muttermalen. Weiter südlich führten unverhältnismäßig dürre Beine, die säbelförmig gewachsen waren, auf direktem Wege zu den bloßen Füßen, die in billigen Gummilatschen steckten. Während das Dickicht an den Beinen für eine Weile überraschend aussetzte, erwuchs es auf der

Oberseite der Füße zu neuer, üppiger Blüte.

Dieses Outfit trug er, wenn er zu Hause war oder im Laden stand, 365 Tage im Jahr. Auch in der Gegend kannte man ihn nicht anders, wenn er beim Einkaufen mit seinem Moped auftauchte oder seinen Enkel im Kinderwagen spazieren fuhr. Lediglich in der kalten Jahreszeit, von etwa Mitte November bis Anfang März, sah man Schlipper nicht außerhalb des Hauses. Um diese Jahreszeitwurde ihmdas Wetter allmählich doch etwas zu kalt, und für notwendige Besorgungen schickte er seine Frau in die Stadt.

Schlippers Brille war ziemlich deformiert, und in seinem ständig offenstehenden Mund fehlten mindestens drei Schneidezähne. Das hinderte ihn aber nicht daran – beflügelte ihn eher noch -, den weiblichen Kunden, vorwiegend den etwas angejahrten und daher besonders empfänglichen, Komplimente zu Aussehen und Intelligenz zu machen.

„Sie haben so wunderschönes Haar", sagte er zu der ältlichen Dame, die nun vor seiner Theke stand.

Sie lächelte verschämt-kokett. Ihre Kleidung bestand im Wesentlichen aus einem langen, türkisfarbenen Häkelkleid, das in seinem vorigen Leben eine Tischdecke gewesen war, sowie einem darunter gut sichtbaren, schwarzen BH.

„Der Mann ist ein Zauberer, ein Magier", antwortete sie.

„Wen meinen Sie, Gnädigste?"

„Meinen Friseur, Bernward Menne. Eigentlich hat er ja nur Herren als Klienten, aber für mich macht er immer eine Ausnahme."

„Erzählen Sie. Ich bin so gespannt." Er war ein Gentleman, ein Charmeur der alten Schule, vor allem gegenüber Stammkundinnen wie dieser, die ihn natürlich gerade deswegen besonders gern aufsuchten, denn wo bekamen sie sonst noch charmante Schmeicheleien zu hören?

„Als ich letzte Woche zu ihm kam, hatte ich meinen süßen Topsy dabei." Sie zeigte auf ihren überzüchteten, langhaarigen Zwergcollie, der sich in einer Art Ohrenzwang die ganze Zeit mit den

Pfoten kratzte und Haare ausriss. „Ich zeigte ihm meinen Liebling und sein Haar und sagte: ‚Bitte für mich das Gleiche.' Und, was soll ich Ihnen sagen, Herr Schlipper? Sehen Sie selbst!"

„Ein Wunder", stimmte Schlipper zu, denn in der Tat fiel ihr dürres Haar in der gleichen Länge, Farbe und strähnigen Struktur wie das des Hundes ihren Rücken herunter, „ein Wunder."

27

Von jetzt an ging alles ganz schnell.

„Auf Wiedersehen, Herr Schlipper, und vielen Dank", sagte die Colliedame im Gehen.

„Ich habe zu danken, Gnädigste", antwortete der Gentleman. „Bis zum nächsten Mal."

Die Tür klingelte, als die Dame hinausging, und bevor sie ins Schloss fiel, klingelte sie erneut. Das war ungewöhnlich. Schlipper drehte sich zum Ladeneingang um. Nichts. Dann schaute er wieder geradeaus – und erschrak. Vor ihm stand ein hoch aufgeschossener Mann mit einem langen Mantel und einem breitkrempigen Hut. Und es roch seltsam.

„Wie sind Sie hier hereingekommen?", fragte der erstaunte Schlipper.

„Durch die Tür", erwiderte Hakennase. „Wie sehen Sie denn aus? Sie beleidigen mein Auge. Und meine Intelligenz. Und mich."

Schlipper war zu sehr aus der Fassung geraten, um den Affront gegen ihn zu begreifen. Außerdem verstand er vor lauter Zischlauten kaum ein Wort. „Sie wünschen?", fragte er.

„Kommen wir direkt zur Sache", zischelte Hakennase. „Habe gehört, Sie verkaufen alte Singles?"

„Ja, ein paar habe ich noch. Nach denen fragt sonst nie jemand. Aber bitte. Dort." Er wies auf einen Ständer direkt am Eingang.

„Haben Sie *Mister Blue* von Detlef Engel?"

Schlipper gewann kurz die Fassung zurück, um sie darauf sofort wieder zu verlieren.

„Woher wissen Sie das?"

„Ich weiß noch viel mehr." Was immer das bedeuten mochte, Schlipper wusste nun, von diesem Mann ging nicht nur ein unmittelbarer Geruch, sondern auch eine ebensolche Gefahr aus.

„Ah, da ist sie ja." Hakennase griff gezielt in den Ständer und zog die Platte hervor. „Was kostet sie?"

In dem Moment flog die Tür auf und prallte gegen ein Regal. Zwei Araber stürmten lärmend mit gezückten Pistolen herein.

„Hände hoch!", rief einer.

„Die Kasse, aber 'n bisschen schwungvoll!'", schrie der Zweite. „Und was sonst noch da ist!"

Hakennase und Schlipper erkannten die Gefahr und rissen die Arme hoch.

„Richtig hoch damit!"

Die Arme schossen schnurgerade in die Höhe.

„Nun mal los, zack, zack!", brüllte der erste Araber und streckte Schlipper den Pistolenlauf entgegen. Der beeilte sich, die Kasse zu öffnen und das Geld zu entnehmen.

„Alles hier in den Sack!", bellte der Zweite und hielt ihm einen großen Kartoffelsack geöffnet hin.

„Und du bist ganz ruhig", sprach der Erste Hakennase an und fuchtelte mit der Pistole vor seiner Nase herum. „Klar?"

„Is' klar", antwortete dieser langsam.

„Was gibt's hier noch von Wert?", fragte der Zweite. „Rein damit!"

Schlipper gehorchte und warf alles, was sich hinter ihm im Regal fand, ungeordnet in den Sack.

„Jetzt raus hier!", kommandierte der erste Araber, drehte sich um und stand frontal vor Hakennase, der mit ausgestrecktem Arm idie Platte festhielt. Etwas in dessen Gesicht ließ den Araber innehalten. Ein Blick vielleicht, ein kurzes Muskelspiel, ein verstohlenes Flackern. Er wusste es nicht, aber irgendetwas war da. Er fixierte Hakennase einen kurzen Moment, dann griff er nach oben und schnappte sich die Single.

„Nein! Nicht diese Platte!", rief Hakennase.

Das genügte. Der Araber hielt sie hinter sich. „Oho, da habe ich wohl einen Schatz entdeckt, was? Dann erst recht her damit! Und die Hände bleiben oben!"

„Was ist denn los?", rief der zweite Araber von der Theke her.

„Bist du bescheuert oder was? Wir müssen raus hier, du Vollhorst! Lass den Kerl in Ruhe und komm!“

Der Erste drehte sich um. „Wie hast du mich genannt?“

„Vollhorst! Nun komm endlich!“

„Vollhorst?“

„Vollhorst!“

Und plötzlich, ganz plötzlich, von einem Moment auf den anderen, hatte eine gefährliche, gespenstische Stille den Raum ergriffen.

„Das ist keine arabische Beleidigung! Willst du mich beleidigen?“

Die Spannung stieg. Keiner sagte ein Wort, keiner wagte, auch nur einen Finger zu rühren. Schlipper und Hakennase waren erstarrt. Niemand atmete.

„Antworte! Willst du mich zu Tode beleidigen?“

Glühend drangen die Laserstrahlen der Blicke aus den Augen der Araber und hätten jeden, der ihre Bahn gekreuzt hätte, zu einem erbärmlichen Häuflein schwelender Asche versengt. Eine Unendlichkeit verging.

Dann, endlich, brach der Zweite das Schweigen. „Lass den Scheiß! Von mir aus nehmen wir die Platte mit. Und dann Abflug!“

Er riss sie dem anderen aus der Hand, steckte sie in den Sack und warf ihn über die Schulter. Dann stürmten sie lärmend hinaus.

„Was – – –“, stammelte Hakennase.

„Schnauze!“, rief einer der Araber und schob seine Pistole noch einmal zur Tür herein. Hakennase riss die Arme wieder ganz nach oben, um der Anweisung der Räuber bis zur schmerzhaften Vollstreckung, die bis in die Fingerspitzen ging, Folge zu leisten. Einen Augenblick später waren die Araber verschwunden.

„Scheiße!“, rief jemand. Es war Schlipper.

Im selben Moment schlug vor dem Haus eine Autotür zu. Der Motor heulte auf, Reifen quietschten, eine Fehlzündung detonierte, ein Auspuffrohr tanzte scheppernd und polternd auf dem Asphalt herum, bevor es zur Ruhe kam und liegenblieb. Dann zog sich eine schwarze Rauchwolke die Straße entlang in Richtung Stadtausgang.

Als sich die Wolke vor dem Laden zu lichten begann, tauchte eine raubvogelartige Nase darin auf, gefolgt von der ganzen Gestalt Hakennases. Blitzschnell erfasste er die Situation und sprang in den Toyota.

„Hinterher!"

„Wo – hinterher?"

„Hinter der Rauchwolke. Frag nicht so blöd. Sie haben die Platte!"

„Was??"

Bross hatte in der Zwischenzeit seine Schnürsenkel gerichtet und neu gebunden. Er schaute durch die Frontscheibe auf die Straße. Die Fahrzeuge vor ihm waren verschwunden. Totenstille. Ein Anwohner schien etwas im Garten zu verbrennen, der Rauchentwicklung nach zu urteilen. Er stieg aus und betrat den Laden.

Dort stand Schlipper, immer noch fassungslos.

„Scheiße, Scheiße, Scheiße!", schrie er.

Bross sah an ihm vorbei, passierte ihn gemessenen Schrittes und ging gezielt auf das Ende der Theke zu, wo das Glas mit den Mottenkugeln stand. „Tach, Schlipper."

„Tach", sagte Schlipper, konsterniert.

Bross hob den Deckel und blickte ins Glas.

„Das ist vielleicht eine Scheiße!", schimpfte Schlipper.

Bross griff ins Glas und wühlte kurz darin.

„Ich brauche ein paar davon", sagte er.

„Mein Geld! Die ganzen Sachen hier! Alles weg!", ereiferte sich Schlipper.

Bross nahm eine Handvoll Kugeln heraus.

„Die sind über alle Berge damit! Mein Gott, ein Überfall! Am helllichten Tage!"

„Sie sind überfallen worden?", fragte Bross beiläufig und schaute versunken auf die Kugeln.

„Ja. So eine beschissene Scheiße!"

Bross spielte mit den Kugeln in seiner Hand.

„Unangenehm", sagte er.

„Einen Riesensack hatten die! Da musste ich alles hineinstopfen! Alles, verstehen Sie?"

„Gab es Täter?"

„Araber! Zwei Araber! Oder Israelis, was weiß ich. Die sehen doch alle gleich aus. Was ist das nur für eine Scheiße!"

„Sind sie noch da?"

„Was? Nein! Da, aus der Tür sind sie!"

„Das bedeutet Flucht. Nicht ungeschickt."

„Das ist doch alles eine einzige große Scheiße!"

„Schlipper", korrigierte ihn Bross, „das ist ein Kriminalfall." Er ging zu ihm herüber und legte die Kugeln auf den Tisch. „Was macht das?"

„Zweifünfzig. Aber Wechselgeld kann ich Ihnen nicht geben. Das ist ja weg!"

„Soso, ein Überfall", konstatierte Bross. „Dafür sind die Kollegen vom Überfallkommando zuständig." Er legte das Geld abgezählt auf die Theke und steckte die Kugeln in die Manteltasche. „Die werden Sie nach Zeugen fragen. Gibt es welche?"

„Ja, da war doch dieser lange Kerl hier, wollte eine Platte kaufen. Habichtsgesicht, Hakennase. Unangenehme Type."

Hakennase! Bross begriff.

„Hakennase! Alle Wetter!"

Sein Augen suchten den Raum ab. Niemand da. Er reagierte und zog seine Waffe.

„Kommen Sie raus!", rief er in den Laden hinein. „Sie sind umstellt!"

„Ich weiß gar nicht, was soll denn diese ganze Scheiße?",

ereiferte sich Schlipper, den das skurrile Schauspiel vollkommen überforderte.

„Er ist nicht mehr da", stellte Bross fest, als niemand mit erhobenen Händen aus seinem Versteck herauskam und aufgab. „Was wollte der Mann hier?"

„Er fragte nach einer Schallplatte, einem alten Stück."

„Titel, Interpret, Komponist, Texter, Label, Bestellnummer? Ich brauche präzise Angaben. Herrgott, Schlipper! Konzentrieren Sie sich."

„Weiß ich nicht. Mein Gott, was ist denn das für eine Frage! *Mister Blue* von Detlef Engel. Mehr weiß ich nicht."

„*Mister Blue*! – Schlipper, treten Sie zur Seite." Er pustete über das Mündungsende seiner Pistole und steckte sie ein. „Am besten gehen Sie dort in die Ecke."

„Wie bitte? Was soll ich?"

„Sie sollen da hinten in die Ecke gehen und zur Wand schauen!" Bross' Tonfall wurde schärfer, und Schlipper gehorchte. „Dies ist ein Fall von internationaler Kriminalität. Dafür brauche ich Energie. Aber davon verstehen Sie nichts."

Er stellte sich ruhig hin, tat dann einen Schritt nach links mit den Handflächen nach hinten, hob die Hände seitlich und atmete ein. Ruhig gleitend führte er die Hände nach vorn zum Hals, drehte die Handflächen nach vorn, holte das rechte Bein heran und senkte die Hände bis zum Unterbauch. Dann wiederholte er die Bewegungsabfolge nach rechts, danach wieder nach links, bis er sie achtmal ausgeführt hatte, und stellte sich schließlich wieder ruhig hin, den Blick in die Ferne gerichtet, befriedigt von der Ästhetik und dem Erfolg der Übung.

„Der alte Mann streicht zufrieden seinen Bart", erläuterte er dem immer noch abgewandten Schlipper. „Sie entziehen mir notwendige Energie, die ich mir wieder aufbauen muss. Für mich als Ermittler in einem Fall internationaler Kriminalität ist das Entziehen von Energie durch Dritte kontraproduktiv zu meiner Tätigkeit. Das kann ich mir nicht leisten, und für den Staat ist das nicht bezahlbar. Also, konzentrieren Sie sich."

„Worauf?", fragte Schlipper die Wand, auf die er guckte.

„Sie können auflösen", sagte Bross, ohne die Frage zu beantworten. „Er ist nicht mehr in diesem Raum. Das bedeutet, er ist geflohen. Weit kann er nicht sein. Sie halten hier die Stellung, verstanden?" Damit verließ er eilenden Schrittes den Laden und ließ den verdatterten Schlipper allein zurück.

Bross hatte kaum die Straße erreicht und die Hand ausgestreckt, um den Türgriff des Mustang zu betätigen, da hob sich vor ihm ein runder Kanaldeckel. Ihm folgte aus der Tiefe des Schachts aufsteigend ein Mann. Er trug eine rote Mütze und hielt den gusseisernen Deckel hoch über den Kopf.

„Keule!"

„Chef???"

„Was machst du denn hier!?"

„Ermitteln!"

„Was, da unten?"

„Ich habe ihn aufgespürt und fast gestellt!", gab Keule zurück.

„Wen?"

„Hakennase! Aber dann ist er mir doch entwischt!"

„Dafür habe ich ihn. Fast. Er war hier und ist geflohen. Und jetzt komm raus da. Wir müssen hinterher. Du fährst! Und noch was."

„Noch was?"

„Ja."

„Was denn?"

„Leg den verdammten Kanaldeckel ab!"

Als der Mustang mit quietschenden Reifen losbrauste, kam Schlipper blindlings auf die Straße gestürzt. In der Eile verfing sich eine seiner Latschen in einer Unebenheit des Bürgersteigs. Schlipper strauchelte und taumelte – direkt in die Arme einer Gruppe abgewrackter Gestalten, die sich vor der Treppe zum Laden angesammelt hatte.

Er öffnete die Augen. Eine Reihe von sanierungsbedürftigen Visagen blickte ihn an. Die Kleidung der Männer war zerschlissen und bestand im Wesentlichen aus Lumpen.

„Na, immer langsam mit den jungen Pferden, was, Sir?", sagte Pulle. Er kaute auf etwas und hielt eine angebissene Frikadelle in der Hand.

„Nicht so stürmisch", sagte ein anderer, schob sich ebenfalls eine Frikadelle in den zahnlosen Mund und riss ein Stück mit den Lippen ab.

Die Gang feixte.

„Was macht ihr hier vor meinem Laden?", rief Schlipper konsterniert.

„Wir?", fragte Pulle. „Wir suchen den Kommissar. Der is' doch eben hier aus dem Laden. Hab' ihn noch wegfahren sehen. Wir hätten da `ne wichtige Information für ihn. Aber jetzt is' er wohl weg, was? Sagen Sie mal, können wir reinkommen?"

Schlipper sah Pulle aus großen Augen an, schaute dann in die Richtung, in die der Mustang verschwunden war, dann wieder in die Gesichter der Gang, dann spürte er die Schmerzen in seinem großen Zeh, und brüllte schließlich:

„Ich hab keinen Bock mehr auf diese ganze Scheiße!"

28

„Musik“, sagte Bross, als der Mustang Fahrt aufgenommen hatte. Er inspizierte das Radio: Die CD lag noch im Schacht. *Yee Haw*. Er schaltete sie an. Der Song startete. Von null auf hundert in einer Zehntelsekunde. Das Warten war vorbei. *The Boss Hoss* rockte. Kickte Energie in die Männer und presste die Message der Band auf die Straße: *Get up. Go for it.* Der treibende Groove von Schlagzeug und Gitarre und der druckvolle Gesang der Band peitschten den Mustang auf der Asphaltpiste vorwärts.

„Am Boxensound musst du wirklich noch arbeiten“, meinte Bross.

„Klar, Chef. Wohin fahren wir?“

„Das findet sich. Fahr zu. Er kann nicht weit sein. Da!“ Er zeigte auf einen anthrazitfarbenen Audi. „Verfolg den. – Gibt es was Neues vom Dezernat?“

„Ja. Ich hab' die ganze Zeit versucht, Sie zu erreichen, aber etwas scheint mit Ihrem Handy nicht zu stimmen.“

„Es ist nass geworden, verdammt. Funktioniert nicht mehr. Schieß los.“ Bross lehnte sich entspannt auf dem Beifahrersitz zurück.

„Okay. Die Jungs von der Ballistik haben die Kugel untersucht, mit der Pensen erschossen wurde. In Weltrekordzeit. Und sie haben ein Ergebnis, das Sie interessieren wird.“

„Keule, du vergeudest Zeit. Disziplin, Keule, Disziplin. Das beinhaltet auch eine Zeitdisziplin. Also?“

„Hakennase hat doch immer eine *Smith & Wesson Magnum 327* benutzt. Egal, wo er war. Die ganze Welt kennt sie. Aber aus der Waffe stammt die Kugel nicht.“

„Was?“

„Er ist mit aller Wahrscheinlichkeit nicht der Mörder.“

„Stimmt, ja. Niemals würde er eine andere Pistole benutzen."

„Da ist noch mehr", warf Keule hastig ein.

„Und?"

Bross' Assistent holte tief Luft und machte eine wirkungsvolle Pause. „Das Geschoss wurde aus einer Polizeiwaffe abgefeuert."

„Das kann nicht sein. Pensen hatte seine Waffe bei sich und ist tot."

„Ein Irrtum ist ausgeschlossen. Die Dienstwaffe ist auch ein anderer Typ als Pensens. Der hatte eine vom BKA, aber die Tatwaffe war eine, wie sie auch die Jungs vom Dezernat 12 benutzen, eine *Walther P99Q*. Und was ist mit dem Mann von Dezernat 12, der an Hakennase dran ist? Es gibt Ungereimtheiten."

„Gut, Keule. Wir sollten das im Auge behalten. Sag mal, fühlst du auch dieses Schnurren, dieses unglaubliche Summen des Motors?"

„Klar, Chef. Und dieses Fahrgefühl. Der liegt auf der Straße wie ein Brett."

„Du sagst es, Keule. Unvergleichlich. So etwas gibt es kein zweites Mal auf diesem Planeten. Fühl es, solange es das noch gibt, Keule. Fühlst du es? Fühl es." Er atmete ein, ganz tief, und schloss die Augen.

So fuhren und fühlten sie eine Zeitlang dahin. Allmählich begann Bross, hörbar regelmäßig zu atmen. Nichts weiter geschah – bis Keule unvermittelt bremste. Der Audi vor ihm hatte am Straßenrand angehalten. Eine junge Familie mit drei blonden, sehr beweglichen Kindern stieg aus. Die Mutter keifte irgendetwas hinter ihnen her, als sie auf ein nahes Haus zuliefen, während der Vater noch mit diversen Einkaufstaschen im Kofferraum beschäftigt war.

„Chef?"

„Ja, Keule?", antwortete Bross brummend im Halbschlaf.

„Das war der falsche Wagen."

„Richtig, Keule", grummelte Bross ohne eine Regung und ohne die Augen zu öffnen. „Aber wir müssen jeder Spur nachgehen.

Verfolg einen anderen."
„Irgendeinen?"
„Wenn ich es doch sage."
„Wie Sie meinen – Chef!" Keule schreckte auf und stieß Bross an.
„Was – was ist denn?", knurrte Bross ungehalten. Er fühlte sich gestört.
„Da vorn, vor uns! Da ist etwas! Ich weiß nicht, was es ist, aber es kommt direkt auf uns zu!"
Bross fuhr hoch und schaute durch die Windschutzscheibe.
Aus der Ferne der schnurgeraden Straße raste, wie es schien, eine dicke, schwarze Rauchwolke auf sie zu, kein Zweifel. Begleitet wurde sie von einem lauten Röhren, das sich zusammen mit der Wolke näherte und bedrohliche Ausmaße annahm. Das Geräusch und der Qualm waren unmittelbar vor ihnen, da hielten beide die Hände schützend über den Kopf und duckten sich. Als sie nach zwei Sekunden wieder auftauchten, hatte die Rakete, oder was immer in der Wolke stecken mochte, den Mustang passiert. Eine weitere Sekunde später schoss in dem Nebel, nur schemenhaft zu erkennen, ein weißer Kleinwagen an ihnen vorbei, offensichtlich auf der Jagd nach der Rakete. Er fuhr schnell, und der Nebel war dicht, verdammt dicht sogar, doch nicht dicht genug, um vor Bross' Auge den Umstand zu verbergen, dass zwei Personen in ihm saßen. Die auf dem Beifahrersitz hatte eine charakteristische Silhouette und wirkte verbissen.
„Hinterher!", rief Bross. „In dem Wagen sitzt Hakennase!"
Keule gab Gas, riss an der Kreuzung das Steuer herum, bog nach rechts ab und nahm die Verfolgung auf.
„Ich habe den Wagen vorhin gesehen", berichtete Bross weiter, nun wieder voll auf der Höhe, während der Mustang allmählich Feuer fing. „Hakennase ist hinter einer Schallplatte her, die es bei Schlipper gab. *Mister Blue*! Stell dir vor! Vorhin war er dort im Laden und wollte sie kaufen, als der von zwei Arabern überfallen wurde. In der Rauchwolke steckt bestimmt ihr Fluchtauto, ein R4. Das würde auch den Rauch erklären. Die haben wohl ein

paar Probleme mit der Zündung, der Laufbuchsensitzdichtung oder mit dem Keilriemen der Wasserpumpe. Und dass Hakennase hinter denen her ist, kann nur bedeuten, dass sie sich neben der Kasse auch die Platte geschnappt haben, weiß der Henker, warum. Vielleicht haben sie ihm die Scheibe sogar aus der Hand gerissen. Jedenfalls standen die beiden Wagen vor dem Laden, als ich ankam. Kein Zweifel, das sind sie. Also, häng dich dran! Und mach die Musik lauter!"

Er drehte die Seitenscheibe herunter und lehnte seinen Ellenbogen hinaus. Keule tat das Gleiche, so dass seine langen Haare um seinen Kopf herum wehten, stellte den Volume-Regler auf maximal, und unter den markigen Countryrock-Klängen von *The Boss Hoss* und im Wind, der durch den Wagen pfiff, ritten die beiden auf ihrem entfachten Mustang durch die endlose Weite der Prärie, den Gangstern hinterher.

Die Wolke bewegte sich gefühlt mit etwa 180 Sachen vorwärts, faktisch allerdings ganz und gar nicht, was bei dem Fahrzeug in ihr – das alles gab – auch gar nicht möglich gewesen wäre. Aber für eine Verfolgung erwies sich das Gebilde als verdammt zäher Brocken: Immer wieder schlug es erstaunliche Haken und zeigte sich äußerst geschickt und trickreich darin, unerwartet die Richtung zu ändern, in Seitenstraßen abzubiegen und die Verfolger ins Leere laufen zu lassen. Das zwang den Toyota ein ums andere Mal zu Vollbremsungen und zur Neuorientierung, weil er den Richtungswechsel der Wolke nicht rechtzeitig bemerkt hatte. Keule hielt den Mustang ein Stück entfernt, so dass er schneller reagieren konnte. Bei allen Haken und Windungen wurde Bross klar, wohin die Reise ging: aus der Stadt heraus, in westlicher Richtung.

„Wir brauchen Verstärkung", brüllte er gegen den heftigen Fahrtwind und die dröhnende Musik an. „Wo ist dein Handy?"

Keule deutete auf das Handschuhfach. Bross nahm das Telefon heraus und tippte eine Nummer ein.

„Dezernat 12. Was gibt's, Keule? Ist Bross wieder aufgetaucht?"

„Ist er", brüllte Bross in das Mikrofon. „Ich bin selbst dran!"

„Bross, bist du das? Himmel, was ist denn das für ein Krach im Hintergrund? Kannst du den nicht abstellen? Ich verstehe dich nur ganz schwer."

„Abstellen ist nicht!", schrie Bross, schon heiser. „Hör zu! Eine Abgaswolke zieht mit – Moment" – er schaute auf den Tacho – „97 km/h Richtung westlicher Stadtausgang."

„Ach. Und was haben wir damit zu tun? Ruf die Feuerwehr!"

„Später. Zwei Araber, die einen Laden überfallen haben, sind mit dem Auto flüchtig."

„Interessant. Und wie erkennen wir das Fluchtfahrzeug? Und bist du nicht mit dem Fall Hakennase beschäftigt?"

„Das Fahrzeug steckt in der Wolke! Und Hakennase verfolgt sie! Sucht den verdammten Qualm, ihr Armleuchter! Manchmal seid ihr aber auch zu dämlich. Sobald ihr sie auf dem Schirm habt, gebt mir die Koordinaten durch. Dann weiß ich, wo sie sind. In der Zwischenzeit verfolge ich sie. Bin dicht dran!"

„Verstanden! Hast du Kairo angerufen?"

„Noch nicht. Wie denn auch?"

„Egal. Wir schicken Helikopter und melden uns! Ende."

„Nicht so schnell. Da ist noch etwas. Ich muss unbedingt euren Mann kontaktieren."

„Welchen Mann?"

„Euren Undercover-Mann", brüllte Bross genervt. „Hakennase muss einen Komplizen haben. Ich muss wissen, wer das ist. Wie heißt doch euer Mann? Smith?"

„Smith meldet sich nicht. Wir wissen auch nicht, was los ist. Außerdem – – –"

Bross drückte das Gespräch weg, legte das Handy zurück und räusperte sich laut.

„Keule, tritt drauf!", rief er heiser und legte den Ellenbogen wieder aus dem Fenster.

Die Musik, der Wind, die Ellenbogen, der endgültig in Bross erwachte archaische Jagdinstinkt, der Asphalt, die Gangster vor ihnen, der unvergleichliche Sound des Wagens: Sie waren die Komponenten des apachigen Gefühls, mit dem Bross und Keule in ihrem Mustang den Highway entlang stadtauswärts flogen.

„Yee haw!", schmetterten sie nach dem Schlussakkord des Songs, der bereits zum fünften oder sechsten Mal lief, zusammen mit den Jungs der Band aus ihren heruntergelassenen Wagenfenstern hinaus, und weithin hallte das Echo wider von den Hügeln der Landschaft, die sich vor ihnen auftat.

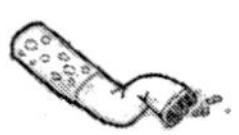

29

Die Helligkeit des Frühherbsttages begann vorsichtig zu schwinden. Mit dem Zurückgehen des Lichtes wurde es kühler und auch merklich feuchter. Nicht mehr lange, und die Dämmerung würde sich wie eine Decke auf die Landschaft herabsenken. Es war die Tageszeit, zu der die Vögel allmählich ihr Tagwerk einstellten und ihre Übernachtungsplätze aufsuchten. Noch gab es eine rege Tätigkeit unter ihnen, die jedoch im Nachlassen begriffen war. Die letzten Körner von den Feldern wurden gepickt, dann wurde es Zeit, den Abflug zu machen, und man überließ den Rest der Mahlzeit den späten Krähen.

Es war die perfekte Zeit für die Beobachtungen der Amateur-Ornithologen. Waren sie von ihrer Arbeit heimgekehrt, zogen sie flugs im grünen Tarnanzug hinaus in die Natur, schweres optisches Gerät schulternd. Sie stellten den Objekten ihrer Begierde nach, um ihr Verhalten zu studieren, nicht zuletzt aber auch, um mit Stolz unter Gleichgesinnten vermelden zu können, wie viele Reiher, Kraniche und Wildgänse heute wieder vor ihrem Objektiv aufgetaucht waren.

Auf einer ansonsten nackten Anhöhe stand ein kleines, unwichtiges Gebüsch. Sicherlich war es noch nie einem Autofahrer aufgefallen, der die im Tal darunter liegende Landstraße passierte. Auch sonst kam ihm keine Bedeutung zu. An diesem wie an allen anderen Tagen blieb es relativ reglos, von durch den Wind verursachten Schwankungen mal abgesehen. Bis auf diesen Tag, diese Stunde und diesen Moment, in dem sich plötzlich eine großkalibrige Röhre aus ihm herauszuschieben begann und drohend in das Tal zeigte. Ein Tubus, olivgrün, mehr als oberarmdick, gestützt von einer Hand, die langsam, aber stetig mit ihm aus dem Gebüsch hinauswuchs.

„Nanu?", brach es aus dem Gebüsch und dem in der Objektivfarbe gekleideten Vogelfreund heraus.

Er entstieg dem Geäst, in dem er auf der Lauer gelegen hatte, das Fernrohr im Anschlag, ein kurzes Zögern und Orientieren, dann trat er zwei Schritte vor, um das beobachtete Geschehen zu verifizieren. Was er sah, waren mitnichten Vögel. Vielmehr war es wohl ein illegales Autorennen auf der westwärts führenden Landstraße. Sie lag über einen halben Kilometer entfernt von ihm, weit genug, dass er das Ereignis eine Zeitlang verfolgen konnte. Vorn, in Führung liegend, fuhr ein rotes Cabrio mit drei dunkelhaarigen, wild mit Schuhen gestikulierenden Männern, deren Haare im Fahrtwind flatterten. Dicht dahinter ein weißer Kleinwagen, bei dem nur der Beifahrer zu erkennen war. Mit einer halben Körperlänge ragte er schräg nach oben aus dem Seitenfenster heraus, das Gesicht verzerrt vom Wind, aber wohl auch vom Schmerz oder einer anderen Anspannung. Anders war diese Fratze nicht zu erklären. Dem weißen Fahrzeug knapp auf den Fersen war ein scheckiger Oldtimer, schnittiges Modell. Alle Bauteile hatten unterschiedliche Farben. Der Beifahrer fuhr ebenfalls mit offenem Fenster, aber sein Verhalten stand in krassem Gegensatz zu dem des Beifahrers vor ihm. Er hatte den Ellenbogen aus dem Fenster gelehnt und schien völlig entspannt. Als der Vogelfreund genauer hinschaute, glaubte er zu erkennen, dass der Mann sang und zu einer Musik im Tempo groovte.

Eine Viertelstunde zuvor.

Felder.
Rinder.
Wiesen.
Bremsen.
Landstraße.
Güllegeruch.
Stille.

Ein rotes Cabriolet.
In ihm ein Mann.
Und eine Frau.
Sie: höchstens 19.
Er: kaum 20.

Sie saßen auf den beiden Vordersitzen, deren Lehnen sie sich bequem in eine halbe Liegeposition nach hinten gestellt hatten, hielten sich bei den Händen und sahen sich in die Augen, alles um sie herum vergessend, einschließlich der Bremsen.

„Geliebter", hauchte sie.

„Tanja", hauchte er zurück.

„Lass uns von hier fortgehen."

Er zog ihre Hände an seine Brust, wo er seinen Hemdkragen leicht aufgeknöpft hatte. „Liebste …"

„Ich habe so lange darauf gewartet", säuselte sie.

„Tanja", säuselte auch er, so gut er konnte.

„Mein Abitur, deine Karriere als Jungschützenkönig, all der Luxus unserer Eltern, was ist das schon? Was ist es wert, wenn wir uns nicht haben?"

„Liebste", insistierte er. Sie zog ihre Hände keusch zurück.

„Wir gehen noch heute, jetzt gleich", flüsterte sie.

Dazu kam es allerdings nicht, denn aus der Ferne näherte sich ihnen auf einmal ein bestialisches Röhren mit doppelter Schallgeschwindigkeit, wie sie später zu Protokoll gaben, und zog eine Rauchwolke mit sich, physikalisch eine Unmöglichkeit, aber dennoch eine Tatsache. Vielleicht schob auch die Wolke das Röhren vor sich her, der akustische Effekt dieser Erscheinung entsprach etwa dem eines Formel-1-Wagens mit Auspuffschaden im finalen Stadium. Die mitgezogene Abgaswolke hüllte Cabrio und Liebespaar unvermittelt in einen dichten Nebel, aus dem es kein Entrinnen gab. Sie saßen fest. Dann war eine Zeitlang nichts zu sehen, und das Röhren setzte aus; nur ein lärmendes Bellen von erregten Männern war zu hören, dann startete jemand einen Motor und gab Gas.

Nach einer guten Minute im dichten Nebel wurde der Rauch plötzlich weggedrückt. Jedenfalls blies eine Kraft, die von oben zu kommen schien, den Rauch kreisförmig auseinander, er zerstreute sich, und das Liebespaar konnte wieder sehen. Die beiden schauten einander an – und wussten nicht mehr, wo sie waren. In ihrem Cabrio jedenfalls nicht. Es fehlten die Liegesitze, und alles war enger und primitiver. Eher saßen sie in einer viel zu kleinen Seifenkiste, die mal ein Auto gewesen sein mochte.

„Geliebter", hauchte sie und ergriff seine Hände.

„Tanja …"

Das war dann auch schon alles.

„Hier spricht die Polizei", hörten sie plötzlich laut über sich aus einem schnarrenden, näselnden Lautsprecher. „Verhalten Sie sich ganz ruhig, werfen Sie Ihre Waffen weg und kommen Sie mit erhobenen Händen heraus. Aber langsam, ist das klar?"

Der junge Mann sah aus dem Fenster. Etwa fünf Meter über ihnen stand ein krakenartiges Monstrum in der Luft. Ein Hubschrauber. Erst jetzt bemerkten sie den pfeifenden Lärm des Rotors, der den starken Wind um sie herum verursachte und den Rauch in alle Richtungen verblasen hatte. Eine Seitentür des Helikopters war aufgeklappt, und ein uniformierter Beamter, der sich ein Mikrofon vor den Mund hielt, schaute auf den R4 herunter. Aus der anderen Tür heraus war ein Maschinengewehr auf sie gerichtet.

„Ich sagte, kommen Sie mit erhobenen Händen heraus! Und keine Zicken! Der Kollege hier neben mir hat einen verdammt nervösen Zeigefinger! Sie sind verhaftet!"

20 Minuten später.

Im Mustang lief *September* von *Earth, Wind & Fire*. Keule steuerte mit einem Finger der rechten Hand, und Bross sang mit. Mit der Leichtigkeit eines Vogels flog der Wagen dahin, angeschoben vom treibenden Groove des Songs und von seiner aufputschenden Struktur, die am Ende jeder achttaktigen Phrase mit einem hämmernden Auftakt und einem Crescendo für immer neue Schubkraft sorgte.

Entbehrlich ist an dieser Stelle ein Einblick in die Gespräche und Geschehnisse im Cabrio. Dialogmuster und Diktion hatten sich seit längerem nicht geändert. Außerdem ist der genaue Wortlaut des Rekonstruierens nicht wert und wäre sowieso nicht zitierfähig. Die Bewegungen des Cabrios allerdings waren sehr wohl von Bedeutung. Es passierte ein Ortsschild mit der Aufschrift *Krauthausen*. Nach kurzer Zeit stand es im Ortszentrum, wenn von einem solchen überhaupt die Rede sein kann, und dort vor der Entscheidung, wohin. Zeit für langes Orientieren blieb keine. Links war eine Sackgasse, also rechts. Nach einer Runde um den Gebäudeblock tauchte die Straße auf, aus der es gekommen war. Die zu nehmen verbot sich wegen eventueller Verfolger. Also rechts; etwas anderes gab es nicht. Und so weiter. Der Toyota und der Mustang waren hinter ihm in Schlagdistanz, was die Nervosität des Fahrers weiter steigerte und seine Orientierungs- und Entscheidungsfähigkeit lähmte.

„Karlfred!", rief die Fahrerin des Toyota plötzlich. Sie hatte zum ersten Mal überhaupt in den Rückspiegel geschaut. „Guck mal nach hinten! Wir werden verfolgt!"

Hakennase drehte sich um und erschauderte. Den Mustang kannte er nicht, ebenso wenig den Fahrer mit der roten Mütze, sehr wohl aber den Beifahrer.

„Scheiße! Bross! Bross!!"

„Was? Wer?"

„Bross!", stieß Hakennase hervor. „Kommissar Bross! Der Gefährlichste von allen!"

Mit einem Impuls ließ sie das Gaspedal los und schien für einen Moment entrückt.

„Bross", sagte sie. „Bross."

„Was ist mit dir? Ist dir nicht gut?"

„Nichts, nein …", sagte sie. „Bross … Dann ist es eben so …" Sie trat aufs Gas.

10 Minuten später.

Hoch oben in der Luft, vierzig oder fünfzig Meter über dem Boden, zog ein einsamer Bussard seine Kreise. Es waren die letzten für diesen Tag, der sich seinem Ende zuneigte. Auch die Tage des Bussards waren gezählt. Er war schon alt, hatte unzählige Kinder, Enkel und Urenkel, und den Spaß an der Mäusejagd hatte er nach den vielen Jahren seines Jägerdaseins längst verloren. Sie diente ihm lediglich noch zur notwendigen Nahrungsbeschaffung, aber die fiel ihm zunehmend schwerer. Gäbe es ein Altenteil für Bussarde, wie gern hätte er sich dorthin zurückgezogen. Wenigstens fand er noch Gefallen daran, abends, bevor es dunkel wurde, ein paar Runden über dem nahen Dorf zu ziehen und über das Dasein zu sinnieren, das der Bussarde und der Menschen und der Welt und überhaupt.

Auch an diesem Tage kreiste und philosophierte er hoch über dem Dorf, doch etwas war anders als sonst. Motorenlärm drang aus der Dorfmitte zu ihm herauf. Als er herabblickte, traute er seinen noch scharfen Augen nicht. Drei Autos, rot, weiß und scheckig, rasten im geschlossenen Kreis im Uhrzeigersinn um das Dorfzentrum herum. Ihm fiel sofort auf, dass jeder der Fahrer sowohl das Fahrzeug vor sich als auch das hinter sich sehen musste. Der Kreis war eng genug. Dennoch rasten die drei mit unverminderter Geschwindigkeit hintereinander oder auch voreinander her. Ein Irrsinn! Und ein Ende war nicht in Sicht.

Eine Zeitlang schaute der Bussard auf das absurde Theater herunter, dann schüttelte er das greise Haupt, schaute zum Himmel hinauf und sagte: „Gott im Himmel, hol mich bald heim zu dir. Wenn du weiterhin daran festhältst, dass das Wesen da unten, das so etwas veranstaltet, die Krone deiner Schöpfung darstellt, ist das deine Entscheidung. Aber dann möchte ich nicht länger auf dieser Erde leben."

Sprach's und drehte ab. Er hatte den nahen Forst noch nicht erreicht, da ereilte ihn ein Herzschlag, und er verschied in der Luft.

Fünf Minuten später.

„Abdel!", brüllte Achmed. „Da! Pass auf!"

Abdel schaute nach vorn, sah genau hin und erschrak. Dicht vor ihm erblickte er auf einmal den Mustang.

„Mist!"

„Das müssen die Bullen sein!", schrie Abbas. „Die waren auf der Landstraße noch die ganze Zeit hinter uns!"

„Wenn der jetzt bremst, sitzen wir hinten drauf, und das war's dann! Dann haben sie uns! Tu was!"

Und Abdel tat etwas. Er blickte kurz in den Rückspiegel, dann stieg er mit Saft und Kraft auf die Bremse, riss den Lenker ruckartig herum, der Wagen schleuderte, und genau im richtigen Moment, als er wieder gerade auf der Straße lag, ließ er das Pedal los und gab Gas. Er hatte gewendet.

„Was um alles in der Welt – – –", rief Hakennase, als er das Cabrio frontal auf sich zukommen sah. „Scheiße! Zurück!"

Reaktionsschnell hatte die Fahrerin die Situation erfasst, legte dasselbe Wendemanöver hin wie Abdel und gab Gas.

Keule sah den Toyota auf sich zurasen. Das bedeutete nichts Gutes.

„Festhalten, Chef!", rief er alarmiert, bremste scharf, und mit einer halben Drehung schleuderte er herum und schoss vorwärts.

Vor ihm tauchte das Cabrio auf.

„Die Bullen!", schrie Achmed hysterisch. „Jetzt sind sie hinter uns! Was hast du gemacht, du Vollidiot?"

„Schnauze!", kreischte Abdel.

„Fahr!", brüllte Abbas.

Mittwoch, 18.05 Uhr, Mitteleuropäischer Sommerzeit.

„Hey Sergej, hey Ju Hoon, Filippo! Kommt mal her!" Donald rief, oder besser, funkte seine Kollegen aus Russland, Südkorea und Italien zu sich. Die drei schwebten heran. In der Schwerelosigkeit dauerte es eine kleine Weile. „Guckt mal hier auf den Schirm. Das glaubt ihr nicht!"

„Wie?", fragte Kim Ju Hoon.

„Da", wies Donald, der Mann aus Kentucky, auf das Display vor ihm. „Ihr lacht euch kaputt."

Sergej Beriev, Filippo Cardamone und Kim Ju Hoon, koreanischer Austauschoffizier, sahen genauer hin. Ganz klein, aber deutlich zu erkennen, waren drei Fahrzeuge, die um einen kleinen Gebäudeblock entgegen dem Uhrzeigersinn in einem geschlossenen Kreis fuhren, offenbar mit hoher Geschwindigkeit.

„Und das seit fast einer halben Stunde", ergänzte Donald Watson, 47, NASA-Astronaut und inzwischen auf seiner vierten Mission in der Internationalen Raumstation Orion, die auf einer Höhe von etwa 390 Kilometer die Erde umrundete.

„Die haben ja nicht alle Sardellen auf der Pizza", spottete Filippo, 35. Es war sein erster Einsatz im All. „Wo ist das genau?"

„Deutschland, mittendrin, irgendein Kaff am Arsch der Welt. Mein Programm rechnet an dem Namen noch herum." Donald tippte etwas in die Tastatur vor sich.

Sergej, 41, Spitzenastronaut der russischen Raumfahrtbehörde, schwebte zur gegenüberliegenden Seite der Kammer und schaltete die Funkverbindung zur Erde ein.

„Hallo Moskau? Kontrollzentrum, bitte kommen. Hier ist etwas für euch."

„Was machst du da?", fragte Ju Hoon.

„Ich muss Vladimir Putin verständigen. Eine Provokation des Westens. Russland muss handeln!"

Der Koreaner schrak auf. „Russland? Da steckt dieses Kommunistenschwein dahinter, dieser Kriegstreiber!"

„Wer?"

„Kim Jong Un! Das wird aus Pjöngjang gesteuert! Eine Verschwörung! Ich muss meine Präsidentin anrufen!" Er griff auf das Schaltpult.

„Il mio presidente", meldete sich Filippo.

Nun wurde auch Donald aufmerksam. „Was habt ihr nur alle? Musst du auch deinen Präsidenten informieren?"

„Nein", antwortete Filippo. „Das kann nur mein Präsident da unten sein, der wahre Präsident Italiens. Er sitzt in einem der Wagen. Das ist ein Mann, sage ich euch! Das ist ein Italiener!"

„Wer?"

„Silvio Berlusconi. Il mio presidente." Er machte eine Geste von mediterraner Genüsslichkeit, so gut er das in dem starren Raumanzug vermochte.

„Und die beiden anderen Wagen?"

„Na, was glaubt ihr? Schöne Frauen, was sonst. Er kann mit Frauen umgehen! Sie folgen ihm überall hin."

„Mitten in Deutschland?"

„Bunga Bunga ist auf der ganzen Welt. Il mio presidente!"

30

Gut fünfunddreißig Minuten dauerte die Hetzjagd im Kreis, diesmal entgegen dem Uhrzeigersinn. In der Zwischenzeit hatten sich etliche Bewohner Krauthausens eingefunden und standen in Vorgärten, vor der Kirche, am Marktplatz und vor dem Schulgebäude, um das Spektakel zu bestaunen, das sich ihnen bot. So etwas hatte die kleine Gemeinde noch nicht erleben dürfen. Kinder wurden von ihren Vätern auf die Schultern gehievt, um besser sehen zu können. Die wenigen Jugendlichen des Dorfes standen zusammen, feuerten die Fahrer lautstark an, und einer hatte gar seine Vuvuzela mitgebracht – allerdings ohne sie blasen zu können. Gerade eben war der Wirt der Dorfschänke mit einem mobilen Bierwagen eingetroffen. Sein türkischer Nachbar hatte eilends mit jemandem aus seiner Familie telefoniert, der ihm half, einen schnell improvisierten Dönerstand aufzumachen.

Das Rennen schien vorerst kein Ende zu nehmen. Bis Abdel die Tankanzeige sah.

„Scheiße! Wir müssen hier raus! Der Sprit ist gleich alle!", rief er.

„Dann lass dir was einfallen!", verlangte Achmed.

„Ich hab keinen Bock darauf, von denen geschnappt zu werden!", rief Abbas. „Tu was!"

Abdel reagierte und tat etwas. Vollbremsung. Das Gummi der Cabrioreifen fing Feuer, die Hitze der Bremsung riss eine Furche in den dünnen Asphalt.

Dann das Steuer herumreißen und ausweichen, irgendwie.

Aber es war zu spät.

„Stop!!", schrie Hakennase, als er das Cabrio vor sich bremsen sah. Aber auch das kam zu spät.

„Halt drauf!", kommandierte Bross aus demselben Grund. Das kam genau richtig.

Im selben Bruchteil derselben Sekunde rasten der Toyota von hinten und der Mustang frontal krachend in das Cabrio, und wie bei einem Bombeneinschlag blitzte eine Stichflamme auf, und eine dicke schwarze Wolke puffte aus dessen Motorraum. Der Wagen wurde von vorn und hinten regelrecht zusammengeschoben, und der Aufprall löste den Schließmechanismus des Daches aus, das sich über den durchgeschüttelten Arabern streckte und schloss.

Keule, Bross, Hakennase und seine Fahrerin flogen von ihren Sitzen auf die Windschutzscheiben zu, wurden von ihren Gurten im letzten Moment zurückgehalten und rücklings gegen ihre Lehnen und Kopfstützen geschleudert.

„Wir haben sie!", rief Hakennase, der sich als Erster wieder fing. „Komm, schnappen wir sie uns!" Die beiden stießen ihre Türen auf, zogen ihre Waffen und stürzten auf das Cabrio zu.

Gleichzeitig rief Bross: „Jetzt habe ich ihn! Keule, du bleibst hier! Hol Verstärkung! Und erinnere mich daran, dass ich Sydney anrufen muss!" Mit der Pistole in der Hand brach er aus dem Wrack des Mustang aus und rannte zum Cabrio.

Die drei rissen die Türen auf. „Hände hoch!", drang es aus drei Kehlen.

Aus drei?

Aus sechs.

Denn auch die Araber hatten ihre Waffen gezogen und bellten den Eindringlingen ihre Drohung entgegen.

Die Szene, die sich nun abspielte, in der Dämmerung dieses Septembertages, in einem kleinen Nestfernab städtischen Lebens, sucht ihresgleichen in der Geschichte und ging völlig zu Recht ein in die uralte Legendensammlung der glanzvollsten Kriminalfälle, die es jemals gegeben hatte. Noch lange war sie Gegenstand spannungsgeladener wie romantischer Erzählungen unter Polizeibeamten und ihren Familien und Freunden.

Einheimische berichteten später von einem kurzen, heftigen Gerangel an den Türen des Cabrios, und dann sei plötzlich niemand mehr zu sehen gewesen. Denn nun fanden sich alle sechs unversehens in dem engen Fahrzeug wieder, feststeckend und bewegungsunfähig und ohne zu begreifen, wie sie in diese Situation geraten waren. Sie richteten ihre Knarren aufeinander, in das Zentrum des Wagens und des Geschehens, und luden durch. Sechs Pistolen luden durch. Gleichzeitig. Das „Ratschratsch" aus sechs Knarren verkrustete zu einem einzigen knackigen Kurzrhythmus zweier Achtelnoten mit Betonung auf der ersten. Dann drei Schläge Pause im gedachten Viervierteltakt. Und genau dieser Pause bedurfte es, ehe sich alle der Lage bewusst wurden, in der sie steckten. Sechs Pistolenläufe, bereit, jeden Moment abgefeuert zu werden, zeigten in die Mitte des Wagens wie die Queues von sechs Billardspielern, die gleichzeitig eine Kugel spielen wollen. Und von der Größe einer imaginären Billardkugel war auch der Bereich, den die Läufe in der Mitte freiließen und einrahmten. Fünf Männer und eine Frau schwitzten. Sämtliche verfügbaren Sehnen ihrer Körper waren zum Zerreißen gespannt und drohten jede Sekunde, die Situation zu sprengen und ein Massaker zu verursachen. Doch mit der Präzision, die nur sechs Profis zeigen können, hielten sie ihre Waffen ruhig, ganz ruhig. Sechs Knarren. Eine *Smith & Wesson Magnum 327*. Eine *Hermann Weihrauch Arminius HW3*. Eine *Taurus 444 Raging Bull*. Eine *Walther P99Q*. Eine *Ruger Super Single Six*. Und noch eine *Smith & Wesson*, eine *686 The President's*. ‚Ein Prachtstück', dachte Bross. ‚Gut, dass sie mir gehört.' Würden alle sechs gleichzeitig losgehen, träfen sich die Kugeln in der Mitte, um sich gegenseitig zu neutralisieren, mit unabsehbaren Folgen für den Ausgang der Szene. Dachten alle. Mit Ausnahme von Bross. Er wusste: Würden sich die Kugeln treffen, würde sich seine durchsetzen. Ganz klar. Selbst auf diesen Fall war er vorbereitet. Sechs Augenpaare starrten sich gegenseitig an und glühten, und hätte Bross eine Brille getragen, wären seine Gläser geschmolzen, und Regenwasser wäre zischend auf ihnen verdampft.

Sie schwitzten weiter, stärker; die ersten Tropfen flogen, und die

Stärke des Geruchs der Absonderungen aus unzähligen Schweißdrüsen nahm zu.

Hakennase war der Erste, der das Schweigen brach. „Gebt auf!", zischte er die Araber an und lud seine Waffe durch.

„Gib du doch auf!", versetzte Abdel und lud ebenfalls durch.

„Wieso nur der? Die anderen auch!", stieß Abbas hervor. Auch er lud durch.

„Aber der doch als Erster, du Vollpfosten! Der will was von unserer Beute!"

„Was sagst du zu mir, du dreckige Kröte?"

„Ihr seid beide total bekloppte Idioten!", warf Achmed ein, seine Waffe durchladend.

„Das sagst du nicht noch einmal zu mir!", gab Abdel zurück.

„Was willst du tun, wenn ich es noch mal sage, du Sackgesicht?"

„Lass ihn in Ruhe! Du bist selbst ein Ochse!", fiel Abbas ein.

Das Temperament der drei schäumte nun über, und sie verfielen in einen erregten Wortwechsel. Die Menge der hasserfüllten Beleidigungen, die sie sich an den Kopf warfen, nahm stetig zu, allerdings zum Nachteil ihrer Fokussierung auf die Eindringlinge. Schließlich ließen sie, die Situation völlig ausblendend, ihre Waffen nach unten sinken und versuchten angestrengt, sich zu bücken, um nach ihren an den Füßen verbliebenen Schuhen zu greifen.

Schnell erfassten die anderen die Lage. Die Araber waren vorerst beschäftigt und aus dem Rennen. Hakennase und die Fahrerin richteten ihre Waffen auf Bross und luden durch. Bross hielt seine Waffe ebenfalls auf die beiden gerichtet und schwenkte dabei abwechselnd von einem zum anderen, bei jedem Wechsel durchladend.

„Okay, Bross", zischte Hakennase. „Da wären wir, was? Eine ähnliche Situation hatten wir schon mal, damals, auf der griechischen Insel. War 'ne scheiß Situation für mich, nicht angenehm, das kann ich dir sagen. Aber das ist lange her. Diesmal stehen die Vorzeichen etwas anders. Jetzt sitze ich an der Schaltstelle und drehe an den Knöpfen. Wir sind zwei gegen einen." Er nickte mit dem Kopf zu der Frau herüber. Die hielt ihre Waffe unvermindert auf Bross' Kopf gerichtet und fixierte ihn dabei genauestens.

„Dein Kompagnon in dem Schrotthaufen da vorn wird dir nicht helfen können", fuhr Hakennase fort. „Wenn der sich überhaupt da rausschälen kann. Sobald der aussteigt, fliegen dir zwei Kugeln in den Kopf und ihm ebenfalls. Und das weiß er auch."

Bross schwieg und zuckte weiter immer hin und her.

„Also, Bross, das wär's dann wohl. Machen wir es kurz. Bald schläfst du bei den Fischen."

Er würde es nicht selbst tun, dachte Bross, doch: Denken war es nicht allein. Dafür hatte er zu viele Schlachten geschlagen. Er hatte sie alle erlebt, die Verbrecher dieser Welt, kannte ihre Verhaltensmuster, ihre Vorgehensweise, ihre Instinkte, konnte ihre Bewegungen und Handlungen vorausberechnen; und so dachte er nicht, nein, er wusste: Hakennase erledigte derlei niemals selbst. Außerdem kam noch ein weiterer Aspekt hinzu: Sein Gegner war ja niemand Geringerer als er selbst, Bross. Das bedeutete, er würde es gar nicht wagen.

„Also", sprach Hakennase jetzt die Frau an, „bring es zu Ende."

‚Na also', dachte Bross. ‚Geht doch.'

Sie lud durch.

Bis jetzt hatte Bross das Gesicht der in Leder gekleideten, dunkelhaarigen Frau mit dem hoch am Hinterkopf ansetzenden Zopf nicht beachtet. Sie war eine Verbrecherin, die Komplizin Hakennases. Da galt es für ihn, sich auf das Wesentliche zu konzentrieren: seinen Job. Persönliches wie das Studium von Gesichtern hatte außen vor zu bleiben. Auch sie hatte es bisher vermieden, ihn direkt anzusehen, in seine Augen zu schauen. Doch nun trafen sich ihre Blicke.

Sie hielt inne.

„Pamela", sagte Bross.

„Bross …", sagte sie vorsichtig.

„Ich dachte …"

„Ja …“ Ihre Stimme klang weich, sanft.

„Pamela …“ Gepflegt und unterkühlt klang sein samtweicher Bariton.

„Bross …“ Die Spannung in ihrer Rechten, mit der sie die Walther hielt, ließ nach.

„Hey, was ist los?“, zischte Hakennase.

Sie hörte nicht, was er sagte. Sie schaute nur immer weiter geradeaus in Bross’ Augen und sah es, da, endlich, das strahlende, kräftige, unvergleichliche Blau von der Intensität und der unergründlichen Tiefe eines schwedischen Bergsees. Tief drang es auch in ihr Innerstes hinein.

Ihre rechte Hand begann zu zittern.

„Ich habe auf dich gewartet, wollte dich wiedersehen.“ Eine magische Macht zog sie hinab in den Abgrund des Sees.

„Ich weiß“, sagte Bross.

„Nun drück schon ab, verdammt noch mal!“, rief Hakennase. „Bei Roulade warst du doch auch nicht zimperlich!“

Dieses Mal hörte sie. Hakennases Aufforderung ließ einen gewaltigen Stoß Adrenalin durch ihre Adern schießen. Ihre Körperspannung war zurück. Mit einer raschen Seitwärtsbewegung drehte sie sich zu Hakennase um und zielte mit ihrer Waffe plötzlich auf ihn.

„Waffe weg, Karlfred! Und die Hände hoch! Tu, was ich sage, denn du hörst das nicht zweimal. Du kennst mich.“ Ihre Stimme klang nun kalt und gefährlich.

Damit hatte er nicht gerechnet. „Aber, … was soll das …?“ Starr blickte er sie an, und erst, als sie durchlud, ließ er die *Smith & Wesson* fallen und hob langsam die Hände, nur halbwegs realisierend, was sich da vor ihm abspielte. Einen kurzen Moment zögerte er, dann kniff er die Augen zu noch dünneren Schlitzen als ohnehin schon zusammen und stieß hervor: „Wer bist du?“

„Smith. Agent Smith“, sagte sie kühl, kühler noch als vorher. „Dezernat 12.“ Dann lud sie durch.

31

Der weitere Fortgang der Festnahme Hakennases und der Ladendiebe war Routinearbeit der Polizei und ist schnell erzählt.

Es war Keule gelungen, sein Handy aus dem verformten Handschuhfach zu befreien und Verstärkung anzufordern. Die rückte alsbald an, mit dem ganz großen Besteck: Helikopter, Panzerwagen, Scharfschützen, Gebirgsjäger, Brückenleger, GSG 9. Als sie eintrafen, stand Hakennase mit erhobenen Händen und verzerrter Mimik vor dem roten Cabrio, das gewaltig schwankte und wackelte. Bross und Pamela hielten ihre Waffen auf ihn gerichtet. Die Einsatzkräfte umstellten den Ort des Geschehens, räumten ihn von den neugierigen Einheimischen und hüllten ihn mit einem bewundernswerten Aufgebot an Scheinwerfern in gleißendes Licht. Alle bezogen ihre vorab befohlenen Posten. Dann winkte Bross zehn bis an die Zähne bewaffnete Männer der GSG 9 herbei und übergab ihnen Hakennase. Sie legten ihm Handschellen an, verfrachteten ihn in den Hubschrauber und stiegen hinter ihm ein, worauf die Maschine startete, abdrehte und bald verschwand.

Die Araber im Auto hatten sich bis dahin noch nicht beruhigt. Sie waren weiterhin unter heftigen Rangeleien und Beleidigungen intensiv damit beschäftigt, sich je einen Schuh auszuziehen und gleichzeitig die anderen daran zu hindern, dasselbe zu tun. Irgendwann musste einer von ihnen bemerkt haben, dass plötzlich wieder mehr Platz im Wagen war. Jedenfalls richtete er – oder ein anderer – sich auf, sah den Helikopter am Himmel und rief aus dem Fenster:

„Hey! Und was ist mit uns?"

„Ihr Ärmsten! Um ein Haar hätten wir euch vergessen", sagte der Einsatzleiter durch ein Megafon. „Vielen Dank, dass ihr uns erinnert. Dann können wir uns jetzt ganz in Ruhe nur um euch kümmern. Ihr tut jetzt genau, was ich sage, hört ihr? Sonst wird der Onkel mächtig böse, und das möchtet ihr doch sicher nicht. Verstanden? Prima! Also, zuerst legt ihr brav eure Waffen fein säuberlich unten im Auto ab. Aber Vorsicht! Die können leicht Bumbum machen. Und das wäre gar nicht gut."

Er sah, dass sie gehorchten.

„Gut gemacht. Sehr schön. Als Nächstes kommt ihr einzeln heraus, aber langsam, versteht ihr, ganz langsam, und stellt euch ans Auto, legt eure Flossen hoch auf das Dach und stellt die Füße weit auseinander."

Sie wurden im Panzerwagen abtransportiert, nachdem man ihnen die Schuhe abgenommen hatte. Beobachter, die so spät noch draußen unterwegs waren, berichteten von einer unruhigen Fahrt des Wagens.

Als er nach einer Dreiviertelstunde sein Ziel, das Bezirksgefängnis, wo die drei in Untersuchungshaft genommen wurden, erreicht hatte, musste eine junge Polizistin, die zum Begleittrupp gehörte, völlig verstört aus dem Fahrzeug geführt werden. Anschließend wurde sie umgehend in psychiatrische Behandlung weitergeleitet. Bei der Befragung war sie nicht in der Lage, ganze Sätze zu äußern, aber ihrem Gestammel war zu entnehmen, dass sie während der Fahrt fortgesetzt Schimpftiraden ausgesetzt gewesen war, die sie nicht verkraftet hatte.

„Sie faselt", stellte darauf der behandelnde Arzt fest und behielt sie vorerst in Gewahrsam.

Geld und Diebesgut aus Schlippers Besitz fand man im Kofferraum des Cabrios in einem überdimensionierten Sack und sorgte dafür, dass am nächsten Tag alles an den Besitzer zurückgegeben wurde. Dieser hatte unmittelbar nach dem Überfall Anzeige erstattet, so dass die Polizei über den Fall genau im Bilde war.

Die Beamten wie auch der Geschädigte wunderten sich vor allem darüber, dass sich unter den gestohlenen Gegenständen auch eine im Grunde wertlose Schallplatte befand, beziehungsweise das, was von ihr übriggeblieben war. Das Cover war blässlich; auf ihm war ein pubertär aussehender, gut gekämmter junger Mann aus den späten Fünfzigern abgebildet. Er wirkte ein wenig schüchtern und war bestimmt bei den Mädchen sehr beliebt gewesen. In dem Cover hatten die Beamten die sterblichen Überreste der Platte sichergestellt, eine Ansammlung schwarzer Bruchstückchen und Krümel.

„Die brauchtet ihr mir eigentlich gar nicht zurückzugeben", sagte Schlipper bei der Übergabe. „War sowieso ein Ladenhüter. Vielleicht sollte ich doch mal was von dem alten Kram entsorgen."

Die Beamten lehnten es ab, sie als Erinnerungsgeschenk anzunehmen. Sie schauten sich Schlipper ungläubig an – einer googelte etwas in seinem Smartphone – und wünschten dann noch einen schönen Tag.

Das Cabrio und der Toyota wurden als Täterfahrzeuge sichergestellt. Ein Abschleppdienst kümmerte sich noch in der Dunkelheit um sie.

Keule aber verweigerte seine Zustimmung, auch den Mustang abschleppen zu lassen. Er wollte noch eine Nacht bei ihm verbringen, bevor der völlig schrottreife Wagen dann wohl den Weg alles Irdischen gehen würde. Immerhin konnte man noch auf beiden Seiten einsteigen, und so setzte Keule sich seufzend auf den Fahrersitz, um zu leiden und sich zu erinnern. Er, der Vater dieses großartigen Automobils. Wie hatte das alles angefangen!

Zunächst die Idee, dann die unendliche Suche nach den Teilen, der Zusammenbau, bei dem die Nächte von Monaten draufgingen, die Hektoliter Bier, die er dabei auspinkelte, die ersten Startversuche, schließlich dann der Einbau von CD-Player, Drehzahlmesser und anderen Armaturen, um den Wagen bei aller Nostalgie auf die Höhe der Zeit zu heben.

Nur Bross und Pamela standen schließlich noch auf dem Dorfplatz, im Scheinwerferlicht. Die Einsatzkräfte hielten ihre Posten weiterhin bezogen, rührten sich allerdings nicht. MPs und Flammenwerfer waren auf Pamela gerichtet. Auch über ihre Rolle war man im Bilde.

Sie hatte ihre Pistole längst auf den Boden fallen lassen, und Bross hatte die seine eingesteckt. Nun standen sie voreinander und sahen sich an.

Sie schaute in das schwedische Bergseeblau seiner und er in das nichtssagend-wässrige Hellgrau ihrer Augen. Keiner sagte ein Wort.

Irgendwann hob sie vorsichtig eine Hand und strich mit ihren Fingern über seine Wange, sie kaum berührend. Dann zog sie sie scheu, fast ängstlich wieder zurück.

„Bross", flüsterte sie tonlos.

Er antwortete nicht, sah sie nur weiter an.

„Du hast mir noch nicht gesagt, ob das dein Vor- oder Nachname ist."

Er zögerte, dann sagte er: „Nenn mich einfach so, und mach dir keine Gedanken."

„Ja."

Nach einer Weile fuhr sie fort: „Diese Nacht ... unsere Nacht ... – sie hat viel verändert. Ich habe niemanden wie dich je kennengelernt. Und auf einmal warst du da, so, wie du warst. Einfach da, und nichts war mehr wie vorher."

Er trat einen Schritt auf sie zu. Impulsiv wollte sie zurückweichen, aber dann fing sie sich und lehnte ihren Kopf an seine Schulter.

„Du bist so ... so anders, so fein, nicht so primitiv und grob und bescheuert wie all die anderen."

Er sagte nichts, spürte nur die Wärme ihres Kopfes an der Schulter und den hochragenden Zopf in seinem Gesicht.

„Und du warst so ungewöhnlich in unserer Nacht", fuhr sie fort.

Er schwieg.

„Warum hast du, nachdem wir miteinander geschlafen haben, deine Schuhe wieder angezogen, deinen Mantel, alles? Und deine Hose gebügelt?"

Das konnte er nicht nachvollziehen.

„Und dich dann schlafen gelegt?"

Herrgott, er war besoffen gewesen!

„Es war schön", flüsterte sie.

Das Einzige, an das er sich erinnerte, war sein dicker Kopf am nächsten Morgen.

„Ja", sagte er.

Dann umarmte er sie.

„Warum wart ihr hinter der Platte her?", fragte er schließlich, als sie sich losließen.

„Du meinst *Mister Blue*?"

„Ja, die aus dem Kramladen."

„Hollinderbäumer hatte in Marokko erfahren, dass es ein Unikat dieser Platte gibt und dass sie in einem Laden hier in der Nähe zu finden sein würde."

„Sie ist wertvoll?"

„Indirekt, ja. Nicht als Sammlerstück, wenn du das meinst. Sie ist das einzige Exemplar, auf dem der Sänger den Originaltext abgeändert hat. Diese Textvariante enthält einen Hinweis auf das Versteck eines riesigen Schatzes, wie Hollinderbäumer wusste. Und den wollte er sich schnappen."

„Hm … eine Art akustische Schatzkarte also … – seltsam." Bross sinnierte einen Moment. „Man produziert doch kein Einzelstück einer Platte, noch dazu mit dieser Absicht, und bringt sie dann auf den Markt. Oder war sie gar nicht auf dem Markt?"

„Weiß ich auch nicht. Für mich war das alles irgendwie dunkel. Aber sie muss ja irgendwie in den Laden gelangt sein."

„Vermutlich hat Detlef Engel diese Platte gar nicht selbst eingesungen. Der Verdacht liegt nahe", mutmaßte Bross.

„Ob der Ladeninhaber da seine Finger im Spiel hat?"

„Kann ich mir nicht vorstellen. Nicht der. Und den Text kanntet ihr nicht, zumindest nicht ganz, oder?"

„Nein. Karlfred hat nur manchmal eine Verszeile aus dem Lied gesungen, naja, was man so singen nennt. Und die hat ihn angetrieben, immer aufs Neue. Du kennst ihn ja auch und weißt, wie sehr er sich in seine Ziele verbeißt."

„In seine Ziege?"

„Seine Ziele."

„Hm. Wie lautet denn die Zeile?", fragte Bross.

„Moment ... wie war das noch?" Sie schaute in die Luft. „‚*Ich habe jede Nacht an meinen Schatz gedacht. Ich weiß, einmal werd' ich ihn wiedersehn.*' Oder so ähnlich."

„Sehr verdächtig, in der Tat. Höchst verdächtig. Und verdammt geschickt formuliert. Gehobene Literatur, wenn du mich fragst. Das trägt die Handschrift von Profis. Im Original heißt es: ‚*Ich habe jede Nacht allein an sie gedacht, doch sie ging fort und das hat weh getan.*' Äußerst verdächtig. – Und du?"

„Ich?"

„Du warst als verdeckte Ermittlerin auf ihn angesetzt."

„Ja ... Du wirkst so ... so sicher. Hattest du das geahnt?"

Er hatte es gewusst. Als in der Bar der Countrysong gespielt wurde, kam ihm Tough Diesel in den Sinn, und sofort war die Verbindung da zwischen ihr und Hakennase. Aber das sagte er ihr nicht. Objektiv stimmte es nämlich auch gar nicht.

„Ich musste ja zum Schein auf seine Idee eingehen und mitspielen", sagte sie. „Die ganze Zeit musste ich das. Und er war so fest überzeugt und entschlossen. Seine Geschichte klang so glaubhaft, alles war ganz klar und einfach. Wir mussten nur diese Platte finden, und kurze Zeit später würden wir im Geld schwimmen. Er hörte nie auf, mir das einzuhämmern. Ja."

„Und?"

„Dann bin ich irgendwann schwach geworden. Ein Leben mit Geld, im Luxus, auf einer Palmeninsel, nicht mehr diese beschissene Polizeiarbeit und im Dreck anderer Leute herumwühlen ... das hat mich gereizt. Und so habe ich dann auch die

Informationen an Dezernat 12 immer nur mit Verspätung weitergegeben, damit wir einen Vorsprung hatten."

„Habt ihr … ich meine, hast du, beziehungsweise hat er …"

„Ob wir miteinander geschlafen haben, meinst du? Das hätte ich nie gekonnt, nein! Er hat aber auch nie den Versuch unternommen. Ihm ging es immer nur um den Schatz. Da war er total konsequent."

Bross zögerte; dann sagte er: „Dann kam Pensen."

„Der kam uns echt in die Quere. Ich ahnte sofort, was mit ihm faul war. Dezernat 12 hatte keine Ahnung, wer er war. Sie hielten ihn für einen Verbrecher, einen Trittbrettfahrer, den Hollinderbäumer irgendwo aufgegabelt hatte. Jedenfalls stellte er eine permanente Gefahr für uns dar. Er hätte uns ans Messer geliefert, und alles wäre für die Katz' gewesen und futsch: keine Kohle, keine Insel, Ende Gelände."

„Dauert das noch lange?", ertönte die Stimme des Einsatzleiters durch das Megafon. „Wir wollen auch mal nach Hause."

Pamela hörte es nicht, und Bross schenkte ihm keine Beachtung. Sie fassten sich bei den Händen und blieben voreinander stehen.

„Ich liebe dich", sagte sie.

„Ich weiß. Möchtest du ein Ei?" Seine rechte Hand ließ ihre Linke los und griff in die Manteltasche. „Hier. Ist sogar von dir, glaube ich." Er zog ein zerknittertes gekochtes Ei heraus. Es sah mitgenommen aus. „Möchtest du?"

„Nein", sagte sie, ohne es anzuschauen.

„Hm", brummte er, steckte das Ei ein und ergriff ihre Hand wieder.

„Ich werde auf dich warten", sagte sie nach einer Pause.

„Ja", sagte er.

Lange Zeit fiel kein Wort. Nur ihre Blicke waren es, die sich ineinander versenkten. Es schien, als versuchte jeder, das Innere des anderen zu ergründen, und drang dabei immer weiter in die Tiefe vor, je länger die Blicke dauerten.

Dann hatte Bross alles gesehen.

Er sagte: „Nun muss es geschehen."

„Muss es?"

„Ja, es muss."

„Also wird es geschehen?"

„Es wird."

„Dann geschehe, was geschehen muss."

„Es geschehe."

Er holte ein Zigarettenpäckchen aus der Manteltasche, nahm eine Zigarette heraus und steckte sie in den Mund.

„Pamela Smith?"

„Ja?"

„Sie sind verhaftet. Folgen Sie mir."

Sie wurde in ein Dienstfahrzeug geschoben. Als sie aus dem Fenster ein letztes Mal zu ihm herübersah, hob sie leicht den Kopf, als wollte sie einen Kuss. Das etwas ruppige Anfahren des Polizisten am Steuer beendete jegliche Abschiedsromantik und drückte sie ins Sitzpolster.

Bross sah dem blau-weißen Passat hinterher. Täuschte es, oder war das tatsächlich eine Träne, die sich verstohlen in seinem Auge zeigte? Oder war es nur die herbstliche Abendfeuchte, die sich nahe seinem Lid niederschlug, oder gar ein silbriger Regentropfen, ein Vorbote der Unbill nahender Herbststürme?

Der einsetzende Wolkenbruch torpedierte alle Spekulationen. Bross blieb stehen, bis sein Gesicht nassgeregnet war und ihm das Wasser vom Hut in den Mantelkragen lief. Die Zigarette knickte von der Nässe ein, die Hälfte brach ab und fiel herunter.

„Chef!", rief eine wohlbekannte Stimme. Sie kam aus dem zerbeulten Mustang. „Chef! Sie können da nicht ewig so stehenbleiben! Sie werden ja mistnass! Kommen Sie her, hier, ins Auto!"

Bross schaute noch einmal in die Richtung, wo der Polizeiwagen verschwunden war.

Er war weg. Nicht mehr da.

Und er würde auch nicht zurückkommen.

Dann seufzte Bross tief, spuckte den Zigarettenrest aus und stieg zu Keule ins Auto.

Eine Zeitlang sagte keiner der beiden Männer etwas. Sie fühlten, dass die Stille ihnen genügte. Und bei dem Trommeln des Regens auf dem Autodach hätte sowieso keiner gehört, was der andere sagte. Unaufhörlich fiel der Regen, endlos, unablässig. Bis ans Ende der Zeit würde es prasseln, so schien es, und sie gaben sich der Ewigkeit hin, der Unvergänglichkeit des Prasselns, ließen sich treiben im Fluss des Wassers und der Gefühle. Erschöpft waren sie. Es war vorbei. „Vorbei ist, wenn ich sage, es ist vorbei", hatte Bross einmal gesagt. Doch nun brauchte er es nicht zu sagen. Sie wussten es. Großes hatten sie geleistet! Sie hatten einen internationalen Kriminellen zur Strecke gebracht und seine Komplizin, eine Mörderin, durch schwierigste Ermittlungen und in einer aufreibenden Hetzjagd, geschnappt. Hier, wo sie jetzt im Auto saßen, waren die beiden ihnen schließlich in ein Netz gegangen, aus dem es kein Entrinnen mehr gab. Es war ihre Leistung gewesen, ihr Verdienst. Letztlich war ihnen kein Schurke gewachsen, mochte er sich auch noch so sträuben. Sie waren in der Lage, auch unter den widrigsten Bedingungen einen kühlen Kopf zu bewahren und sich vollkommen in den Dienst ihrer Mission zu stellen. Das machte sie einzigartig und unbesiegbar.

Keule hatte für diese Gedankengänge keinen Kopf. Er saß apathisch in seinem Vollschalensitz und stierte vor sich in die Dunkelheit, dorthin, wo das Armaturenbrett saß. Er würde ihn wieder aufbauen, klar, das wollte er. Aber würde er die Energie dazu aufbringen können? Die Sucherei, die durchgearbeiteten Nächte, würde er das schaffen? All das Bier noch mal trinken? Er fühlte sich alt und schwach.

Bross hingegen dachte.

So saßen sie die halbe Nacht an dieser Stelle. Die letzten Lichter in den Fenstern des Dorfes waren lange schon verloschen.

„Hörst du?", fragte Bross irgendwann.

„Nein, Chef. Was denn?"

„Es hat aufgehört zu regnen."

„Ja. Es ist ganz still."

Sie lauschten in die Dunkelheit.

„Das geht nicht", stellte Bross fest. „Mach mal Musik."

„Tja, ich fürchte, der CD-Spieler geht nicht mehr. Aber ich krieg' das wieder hin, ganz bestimmt."

„Keule, ich glaube an dich. Hast du denn deine Mundharmonika dabei?"

„Immer, Chef."

Bross zog die Tastatur aus seinem Mantel und rollte sie aus. Er suchte den Zigarettenanzünder für das Kabel, fand ihn aber nicht.

„Mach mal Licht. Ich seh' ja nichts."

„Strom is' nicht. Hier geht gar nichts mehr."

Doch die Männer hatten in den letzten Tagen so viel erlebt und erreicht, dass ihnen das in diesem Moment völlig gleichgültig war.

Bross setzte seine Hände auf die Tasten und sang, was er griff, Keule ließ die Harp an seinen Lippen entlanggleiten, und dann spielten sie *In the Ghetto* von Elvis, unendlich langsam, cool, stoned, mit aller Zeit dieser Welt, jeder Ton war gut vorbereitet und saß. Von der zweiten Strophe an gab Bross das Singen der Instrumentalbegleitung zugunsten des Textes auf und spielte stumm auf dem Keyboard weiter.

Als der Song zu Ende war, stimmte Keule ein Gitarrenriff auf seiner Mundharmonika an, das Bross sofort erkannte: *babadadappah*. Südstaatenrock. Knackig. Kantig. Klotzig. *Cocaine* von J.J. Cale. Danach *Suzanne* von Leonhard Cohen. Und so saßen, spielten und sangen die Männer die zweite Hälfte der Nacht hindurch, ein Lied nach dem anderen, von schönen Frauen und geilen Karren, sie ließen sie leben, Elvis und Jim Morrison, Janis Joplin und Amy Winehouse, Kurt Cobaine und Rex Gildo – alle die, die viel zu früh gegangen waren. „Ihr seid nicht tot", riefen sie ihnen zu, und sie fühlten ihre Müdigkeit kommen und schwinden, kommen und schwinden, sie fühlten die Größe dieser Nacht in sich aufsteigen und wussten: Die Unendlichkeit dieser Größe würde für immer in ihnen weiterleben, auch wenn sie einmal nicht mehr waren.

Als der Morgen zu grauen begann, saßen sie immer noch dort. Keule hatte vor einiger Zeit schon seinen Kopf auf Bross' Schulter gelegt, die daraufhin durch seine Körperwärme abtrocknete, und so hatten sie ein Weilchen geschlummert.

Als Bross erwachte, sagte er, ohne sich zu bewegen, in die Tiefe des Raumes hinein: „Keule?"

Schläfrig kam Keules Antwort. „Hm?"

„Es gibt etwas, das ich dir immer schon mal sagen wollte."

„Was denn, Chef?"

„Später."

EPILOG

Drei Wochen später.

Rrrring. Rrrring.

„Hallo, hier ist Laurin Engel."

„Wer ist dort, bitte?"

„Hallo, hier ist Laurin Engel."

„Oh … äh, ich weiß nicht, vielleicht bin ich falsch verbunden."

„Hallo, hier ist Laurin Engel."

„Eigentlich möchte ich Herrn Detlef Engel sprechen. Wohnt der bei euch?"

„Das ist mein Opa."

„Ah, das ist gut. Dann hol doch deinen Opa mal ans Telefon, ja?"

„Opa! Opa!" Schritte. Jemand klopfte an eine Tür. Sie wurde geöffnet. „Opa! Hier!" Knistern, Rauschen. Dann die Stimme eines alten Mannes.

„Engel?"

„Detlef Engel?"

„Ganz recht. Mit wem spreche ich, bitte?"

„Mein Name ist Hollinderbäumer. Bitte entschuldigen Sie die Störung."

„Was kann ich für Sie tun, Herr Hollinderbäumer?" Das Mikrofon wurde einen Moment halb abgedeckt, so dass der Anrufer die Stimme des Mannes nur gedämpft hören konnte. „Laurin, jetzt hör mal auf, den Opa am Ärmel zu zupfen. Der Opa muss telefonieren, ja? Geh solange zur Mama. Sie ist im Garten. – Ja, Laurin. Nun geh."

„Ich möchte Sie nicht belästigen, aber kann es sein, dass Sie *der* Detlef Engel sind?"

„Wie darf ich das verstehen?"

„Der Schlagerstar der 60er Jahre?"

„Ich kann Sie nur ganz schwer verstehen. Da ist so ein Rauschen und ein Zischeln in der Leitung, immer dann, wenn Sie sprechen."

„Bei mir nicht", brummte Hollinderbäumer.

„Na ja, versuchen wir's. Schlagerstar – was für ein hochtrabendes Wort, um Himmels willen, nein, ich war doch kein Star."

„Dann sind Sie es nicht?"

„Doch, ich bin wohl der, den Sie meinen." Die Stimme des alten Mannes klang freundlich und warmherzig. „Aber Star, also wirklich, die Bezeichnung wäre zu hoch gegriffen. Schlagersänger, das war ich. Aber ich wäre gern ein Star gewesen, das schon."

„Waren Sie nicht bekannt?"

„Ach, ja und nein. Ich war wohl in der zweiten Reihe, wie man so sagt. Die Stars der frühen Sechziger, die ständig im Fernsehen auftraten und die dicke Kohle abräumten, das waren andere. Bill Ramsey, Peter Kraus, Gerhard Wendland, die großen Namen von damals. Deren Lieder sang man, und die verkauften die Platten. Und sie hatten die Mädchen." Es klang, als lächelte er.

„Aber Sie haben doch auch Platten gemacht, bei Bertelsmann sogar. *Alle Twens gehn heute tanzen*, *Nach Mitternacht*, *Mister Blue*."

„Gut recherchiert, Respekt. Ja, in der Tat, natürlich. Ich war ja kein Dorfsänger. Ein paar Platten habe ich schon herausgebracht und Tourneen gemacht. Und immerhin hat man mir zugetraut, einige amerikanische Hits zu covern, mit deutschen Texten natürlich. – Das ist alles lange her. Jetzt habe ich viel erzählt. Sagen Sie mir doch bitte, warum interessiert Sie das?"

„Nun ja …"

„Dafür interessiert sich doch kein Mensch mehr. Sind Sie Reporter?"

„Nein …"

„Musiker vielleicht?"

„Nein … ja … gewissermaßen … war ich mal … ich bin auf der Suche nach alten Geschichten, Anekdoten, vergessenen Kleinoden, wenn Sie verstehen, was ich meine."

„Aber ja. Ach, dann sind Sie sicher Autor oder so etwas. Also, was möchten Sie von mir?"

„Es geht um Ihren größten Hit, *Mister Blue*."

„Größter Hit, ach was. Er wurde eine Zeitlang im Radio gespielt, war auch ein bisschen höher in der Hitparade platziert, aber von einem großen Hit zu sprechen, wäre verfehlt. Den richtigen Durchbruch habe ich ja nie geschafft. Zugegeben, ich war in der Schlagerszene kein Nobody. Aber wo ich stehen wollte, da standen andere, die besser waren als ich. Und attraktiver wohl auch. Und die haben dann die hübschesten Mädchen abgeschleppt. – Aber ein paar hatte ich auch, immerhin." Er lachte kurz leise auf. „Was ist denn mit dem Lied?"

„Da gibt es doch so eine nette Begebenheit, von der ich gelesen habe. Es soll eine Single des Liedes geben, ein einziges Exemplar, bei dem sie einen anderen Text singen als den vorgesehenen, irgendwas mit *‚... jede Nacht an meinen Schatz gedacht'*."

„Donnerwetter, wo haben Sie das denn her? Da müssen Sie aber richtig tief gegraben haben."

„Internet. Per Zufall gefunden."

„Ja, Zufälle gibt's, mein Gott. Was nicht alles so im Internet herumgeistert. Ich glaube, heute bleibt überhaupt nichts mehr verborgen. Der gläserne Mensch, das ist nicht die Zukunft, das ist schon Realität. Man muss höllisch aufpassen mit seinen Daten und all dem, was man von sich preisgibt. Und selbst dann kann man nicht sicher sein, dass es ein anderer nicht schon herausgefunden und ins Internet gestellt hat. Wehren kann man sich dagegen letztlich nicht. – Aber eigentlich ist mir das egal, für die paar Jahre, die ich noch auf diesem Planeten wohne."

„Mich würde die Geschichte der Platte interessieren. Dieses Einzelstücks, meine ich. Dazu war im Internet nichts Näheres zu finden. Und der Text natürlich. Der ist doch eine wahre Rarität."

„Ach, den weiß ich doch jetzt nicht mehr. Den hatten wir auch gar nicht fixiert. Bei diesem ganzen Schlagerschmus von damals, da kam es doch überhaupt nicht darauf an, was man sang. Ein

Text war wie der andere, und wenn man nicht ganz unmusikalisch war, konnte man den leicht improvisieren."

„Improvisieren?"

„Ja klar. Habe ich auch live gemacht, öfters sogar, und keiner hat es gemerkt. Nur die Jungs von der Band natürlich. Wir haben uns einen Jux daraus gemacht. Glauben Sie, wir wussten nicht, was für ein Zeug wir damals gesungen haben? Und die amerikanischen Originaltexte waren keinen Deut besser."

„Und die Platte?"

„Das Einzelstück? Die ist im Direktschnittverfahren hergestellt worden, wenn Ihnen das was sagt."

„Ja, da kenne ich mich ein wenig aus."

„Es war beim allerersten Studiotermin mit dem Song. Das hat man seinerzeit gelegentlich gemacht, um schon mal das fertige Produkt in den Händen zu halten, bevor man richtig Geld investierte, um es auf den Markt zu werfen. So konnte man die Single schon vorher auf einen handelsüblichen Heimplattenspieler legen und mit schlechten Lautsprecherboxen anhören. Man wollte die Wirkung des Produkts beurteilen und sie nicht dem Zufall überlassen, ganz einfach. Es sollte sich ja gut verkaufen."

„Ja." Hollinderbäumers Tonfall war merklich kühler geworden.

„Ich kannte bei der Aufnahme den Text noch nicht richtig, glaube ich. Jedenfalls habe ich an ein paar Stellen einfach improvisiert. Da konnten Sie singen, was Sie wollten. Das passte alles."

„Ich habe jede Nacht an meinen Schatz gedacht. Ich weiß, einmal werd' ich ihn wiedersehn", zitierte Hollinderbäumer.

„Das kam darin vor? Was für einen Quatsch wir gesungen haben, finden Sie nicht auch? Heute würde man sich schämen. Alles nur Klischees, Versatzstücke, seichtes Zeug. Aber für die Platte war der Textfehler ja egal. Die erfüllte ihren Zweck und war ja gar nicht zur Veröffentlichung bestimmt."

„Und dann ist sie doch in den Handel geraten, auf welche Weise auch immer. Muss sie jedenfalls. Meine Quelle legt sich da ganz eindeutig fest."

„Ach ja? Soso. Davon weiß ich nichts. Normalerweise hielten die bei Bertelsmann so was gut unter Verschluss. Aber mit dem Vertrieb und dem ganzen kaufmännischen Kram hatte ich nichts zu tun. Das war Sache der Plattenfirma. Ich selbst habe dieses Stück auch nie zu Gesicht bekommen, beziehungsweise zu Gehör. Ich war der Musiker, der Sänger. Ich hatte zu singen und die Herzen der Fans zu erobern. – Ach ja." Er seufzte.

„Sie wissen nichts davon, dass die Platte in einem kleinen Tante-Emma-Laden gelandet ist?"

„Nein. Woher denn auch? *Mister Blue* … Wussten Sie, dass man mich damals sogar so genannt hat? Ist lange her."

Hollinderbäumer zögerte einen Moment; dann fuhr er fort: „Was haben Sie denn nach Ihrer Karriere gemacht?"

„Nach ein paar Jahren war die zu Ende. Manchmal ist das so im Showbusiness, auch heute wohl noch, wie mir meine Kinder und Enkel erzählen. Da ist jemand für eine Zeit in den Medien, aber aus Gründen, die keiner kennt, verschwindet er dann plötzlich wieder in der Versenkung. Und niemand weiß, warum. Jedenfalls reichte es für meine Songs nicht mehr zu Spitzenplätzen. Die Musik Mitte der Sechziger klang ja auch ganz anders. Da kam der Beat auf. Und das war nichts für mich. Ich war eher der Schmusesänger."

„Manchmal kommen Künstler auch zurück."

„Das habe ich versucht, später, in den Achtzigern. *Mister Blue ist wieder da.* Aber es war eine Katastrophe. Wissen Sie, wenn Sie sich als Künstler für eine Sache engagieren, Ihr Herzblut vergießen und alles hineinstecken, und dann wird einem das von der Kritik und dem Publikum um die Ohren gehauen, das tut weh. Als Autor kennen Sie das vielleicht auch."

„Sie klingen enttäuscht."

„Ich war enttäuscht, bin es aber nicht mehr. Im Alter relativiert sich vieles, und man sieht aus einer entfernteren Perspektive auf die Dinge. Aber sagen Sie, es tut richtig gut, mal mit einem Menschen zu sprechen, der sich für diese Sachen interessiert, nach all den Jahren. Sie machen den Eindruck eines klugen, gebildeten Mannes mit viel Lebenserfahrung. Ich weiß ja nicht, wohnen Sie hier in der Nähe? Vielleicht darf ich Sie ja mal einladen, hier vorbeizukommen, und wir reden einfach über alte Zeiten und trinken einen guten Wein dazu. Wo wohnen Sie denn?"

Auf die Frage war Hakennase nicht vorbereitet. „Ich … äh … ich musste meinen deutschen Wohnsitz kürzlich aufgeben, ganz plötzlich, und bin quasi auf der Durchreise."

„Ach, Sie wollen auswandern?"

„Sozusagen, ja."

„Dann suchen Sie sich eine Gegend aus, in der Sie als Künstler auch leben möchten. Maler suchen sich Landstriche mit besonderem Licht, an der Ostsee zum Beispiel, Architekten ziehen in die Toskana wegen der antiken Bauwerke. Wissen Sie schon, wohin Sie wollen, als Autor? Was Sie inspirieren wird?"

„Das wird sich finden. Im Moment will ich erstmal nur weg aus Deutschland."

„Kann ich gut verstehen. Hier hat sich vieles zum Negativen geändert, und das Ende der Fahnenstange scheint noch lange nicht erreicht. Aber das erlebe ich zum Glück ja wohl nicht mehr. Also, dann wünsche ich Ihnen ein gutes Händchen bei der Wahl Ihres Wohnortes und alles Gute für Ihr Leben."

„Danke. Kann ich gebrauchen."

„Wer kann das nicht? Und wenn Sie etwas veröffentlicht haben zu *Mister Blue* und der alten Geschichte, lassen Sie mal etwas von sich hören, ja?"

„Ich glaube nicht. Wiedersehn."

Dann hängte er auf.

RICHARD WIEMERS

Richard Wiemers wurde 1957 im südlichen Nordostwestfalen geboren. Schon früh legten seine Eltern den Grundstein zu einer literarischen Karriere und lehrten ihn das definitiv längste deutsche Wort: Eisenbahnsignalmastfabrikdirektorshaustürschlüssellochwattebauschverstopfungsentferner.

In der Untertertia kassierte er in Physik, seinem Lieblingsfach, eine Vier. Der Lehrer argumentierte allen Ernstes, er hätte zu oft einen grauen Pullover getragen, während sein Klassenkamerad Rudi B., physikalisch eine echteNiete, für seinen orangefarbenen Pullover eine Zwei erhielt. Als nach der gescheiterten Aussicht auf den Physik-Nobelpreis auch die alternativ angestrebte Schauspielkarriere bei einem englischen Rollenspiel in der Schule ein jähes Ende fand, weil ihm sein Lehrer völlige Talentfreiheit bescheinigte, blieb Wiemers nur noch übrig, Lehrer zu werden.
Nach dem Studium verschlug es ihn in ein ostwestfälisches Kleinstädtchen, wo er es sich inzwischen gemütlich gemacht hat und mit seiner Familie lebt. An der örtlichen Realschule lehrt Wiemers Musik und Englisch und geht, wenn er seinen Schülern nicht gerade die unregelmäßigen englischen Verben näherbringt, auch noch als Kabarettist, Pianist, Kontrabassist, Texter, Regisseur, Komponist, Arrangeur, Workshopleiter, Dozent für Big Band und Chor und Tischtennisspieler seinen zahlreichen Leidenschaften nach.

EBENFALLS ERSCHIENEN

Versandkostenfrei (D) bei www.periplaneta.com
Auch als E_Book für Kindle, iPad, Tolino & Co.

ROBERT RESCUE:
„Der Intimitätendieb"

Ein realistischer Berlin-Fiction Roman vom Terry Pratchett des Wedding. Softcover, ca. 230 S, ISBN: 978-3-943876-68-0

August 1999. Die Berliner Hexen haben ein gravierendes Problem. Obwohl sie nach den Gesetzen der Anonymität leben, ist ihnen ein skrupelloser Mörder auf den Fersen. Die junge Hexe Tasha Me bekommt den Auftrag, ihn ausfindig zu machen. Hilfe findet sie bei Hakim, dem Intimitätendieb, der die Geheimnisse von Menschen ausspioniert und sie in der temporären Kneipe, einer zwielichtigen Spelunke im Hier und Nirgendwo, verkauft. Doch nicht nur sie sind dem Mörder auf der Spur. Auch Kriminalkommissar Brückmann ermittelt und kann kaum glauben, was er herausfindet ...

THOMAS SABOTTKA
„Land, Luft und Leichenschmaus"

Die ganze Wahrheit über Brieskau-Finkenwalde,
Buch, Softcover 260 S., ISBN: 978-3-940767-99-8,

Brieskau-Finkenwalde: Beschauliche Einfamilienhäuser, gepflegte Blumenrabatten, nette, anständige Leute... doch die Ankunft eines schwarz gekleideten Fremden löst eine Kette von unheimlichen und absurden Ereignissen aus, die tief in die Vergangenheit des Städtchens führen und es in ein blutiges Schlachtfeld verwandeln.
Denn jeder hat eine Leiche im Keller..